U0614933

UNE ROSE
SEULE

赠予 我将一生你

Muriel Barbery

［法］妙莉叶·芭贝里 著

李月敏 译

北京联合出版公司
Beijing United Publishing Co.,Ltd.

图书在版编目（CIP）数据

我将一生赠予你 ／（法）妙莉叶·芭贝里著；李月
敏译 . -- 北京：北京联合出版公司，2022.3
　ISBN 978-7-5596-5865-4

Ⅰ . ①我… Ⅱ . ①妙… ②李… Ⅲ . ①长篇小说一法
国一现代 Ⅳ . ① I565.45

中国版本图书馆 CIP 数据核字（2022）第 011687 号

北京市版权局著作权合同登记号：图字 01-2021-6742 号

Original title: Une rose seule
© ACTES SUD, 2020
All rights reserved
The simplified Chinese translation rights arranged through Rightol Media
（本书中文简体版权经由锐拓传媒取得 Email:copyright@rightol.com）

我将一生赠予你

作　　者：（法）妙莉叶·芭贝里
译　　者：李月敏
出 品 人：赵红仕
责任编辑：孙志文
封面设计：沉清 Evechan
内文排版：星光满天

北京联合出版公司出版
（北京市西城区德外大街 83 号楼 9 层　100088）
雅迪云印（天津）科技有限公司印刷　新华书店经销
字数 100 千字　787 毫米 ×1092 毫米　1/32　6.75 印张
2022 年 3 月第 1 版　2022 年 3 月第 1 次印刷
ISBN 978-7-5596-5865-4
定价：56.00 元

版权所有，侵权必究
未经许可，不得以任何方式复制或抄袭本书部分或全部内容
本书若有质量问题，请与本公司图书销售中心联系调换。电话：010-86226746

作者序
Author Preface

亲爱的中国读者：

　　每次想到我的文字被翻译成亚洲这块我钟爱的大陆上的一种语言，我总是万分激动——更何况是中文这个坐拥数千年文化、始终为我所爱的语言。对于一名小说家而言，看到自己的作品跨越国境是莫大的荣幸，而若这个国家是她梦想的国度，在荣幸之外又会平添许多快乐。这本书讲述了一个法国女人的旅程，她将在发现京都的过程中获得转变。你们也会看到书中提到了几位杰出的中国画家和诗人，他们与书中的日本人物一起，孜孜不倦地追寻美及其意义。为此，我在每一章前面都写了一段简短的寓言，把花卉引入场景，这些寓言源自我的想象，但也具体表现了中国和日本古代的一些传奇人物。因此，我们在书中会遇到画家、诗人、书法家、茶道大师、女作家、武士或中国的皇子，他们或真实存在过，又或者仅仅存在于传说中。他们都喜爱花草树木，在自然与艺术的交融中，花草几乎是神圣的，他们都对世界的美与精神的力量充满信心。正是靠着这些逝者的守护，萝丝才终于长大，在她所有已逝的亲人中找到自己的路。

我曾于 2008 年和 2009 年在京都生活，在那之后一有机会就回到那里，探访好友，并不知疲倦地重复同样的漫步和朝圣。仔细算来，从我第一次与这座城市相遇以来，我用了十年时间才将我在寺庙的小径上、在似乎出自神灵之手的庭院里漫步时所感受的赞叹之情诉诸笔端。长期以来，我都以为这是一项不可能完成的任务，因为除了灵感，更难把握的是形式。年轻的时候，我一度喜欢法语的丰富、华丽和无穷无尽的表达能力，我运用起来毫无节制，试图穷尽各种可能。随着时间的流逝，我开始想要收紧，打断喋喋不休和夸张的言辞，采用更加干脆和不加修饰的抒情表达，表现更加简洁的诗意。这本书正是诞生于这种渴望中。它足以为这些纯洁的守护之所的描写注入生命。

所以，这部小说从漫游京都开始讲起。我让萝丝来到这座古老的皇城，来听取从未谋面的父亲的遗嘱。她在漫游中浮光掠影的印象应该是出自内心的波动，我对此还一无所知。她将如何哀悼陌生的父亲？她会遇到谁？关于她自己，她将了解到什么？我和她一样，尚且处于一次冒险历程的起点，无法预知即将发生的一切。我只有一个预感，这名严肃的忧郁的女子将走出阴影、迈向光明，她将像鲜花一样绽放，接受这座城市的千年智慧的吉光片羽。

当然，一部小说的写作从来都不会依计划进行。这部作品本应是在千庙之城的漫长游历，在一连串意想不到的相遇之后变成了一部关于爱情与哀悼的小说。你无法想象小说家在笔端诞生新的人物时会感受到怎样的惊奇，这些人物虽是虚构的，却丝毫不乏生命的活力，以至于到了故事结束的时候，与他们告别极为艰难。他们是直觉的化身，若是没有他们，这些直觉将只能待在黑暗里；他们更新了对于存在的认识，若是没有他们，这种转变是无法突然发生的。哀悼、爱情、忧愁、欢乐都呈现了全新的维度，向作家揭示了他们不懂得背负的一切。一个全新的社群正在形成，随之而来的，是一个内在的世界。萝丝、保罗、佐代子、关东、圭佑、贝思和春都是我所珍爱的人物，比真实人物更甚。或许是因为他们都是我内心生活的写照——一种因相遇而得到滋养的生活，其特征是对日本和亚洲的发现、旅行、热爱差异、受到东方文明培育的美的品位。

最后，我想要与我的人物一起展开漫游，与他们一起发现我钟爱的庙宇、我心仪的餐馆和居酒屋、我走遍的所有那些在过去和现代之间摇摆的街道。小说赋予了它们第二次生命，我相信它至少和第一次一样强烈。愿你们也喜欢与萝丝一起发现京都，经历她的重生。

妙莉叶·芭贝里

2021 年 1 月于法国都兰

致永远的舍瓦利耶

致我的逝者们

目录

在地狱的
屋顶上

1

THE ONE

传闻在中国古代，北宋时期，有一位皇子每年都命人在花田里种下一千株牡丹，夏日将至之时，牡丹纷纷绽放，花冠随风摇曳，他便在平日赏月的亭子里席地而坐，品味清茶，观赏如女儿般娇美的花朵，于清晨和黄昏，在花田边踱步。如此整整六日。

直到第七日清晨，他命人毁掉牡丹花田。

仆役们把娇美的花儿扑倒在地，折断根茎，花朵齐齐朝东摆放，只留下了一株牡丹，在雨季来临、雨水初落时绽放的那一株。那之后，皇子又继续待在那里，饮着浊酒。他终其一生都在守候这十二个日出和日落，并在余下的时间里反复回味；每当这些时日结束的时候，他都立意要随之而去。可他为挑选这唯一的牡丹费尽了心血，又花费时日与它相伴，正是这些时刻将如此多的生命融于一体，在牡丹凋零的季节里，他也没有感觉失去了什么。

在观赏幸存的那株牡丹时，他感受到了什么？宝石般璀璨的忧伤，折射出幸福的光芒，那幸福如此纯粹、如此强烈，他的心几乎要停止跳动了。

千株牡丹
花田

当萝丝醒来的时候，她四下环顾，一时忘了自己身在何处。她看到一朵红牡丹，花瓣微皱，心中闪过一丝懊恼，又或是一丝转瞬即逝的幸福。往常，这种内在的波动首先会扰乱你的心，然后才会像幻梦一般消散，但有时候，时间抹去了一切，让你的心灵变得澄净。这天清晨，看着面前的牡丹插在精美的花瓶里，露出了金黄的花蕊，萝丝也获得了同样的感受。有那么一会儿，她感觉自己可以永远待在这个光秃秃的房间里，注视着这朵花，前所未有地感受着自己的存在。她看着榻榻米、糊着和纸的拉门、屏风、打开的窗、窗下沐浴在阳光里的树枝、微皱的牡丹，最后，她审视着自己，就好像她是前一天遇到的陌生人。

昨夜的情形在脑海中乍现——机场、漫长的夜间旅行、到达、灯笼点亮的庭院、在缘侧跪坐的穿和服的日本妇人。萝丝走进拉门，在门的左侧，广玉兰的枝丫从一个大肚罐里斜逸而出，在如瀑的光线里闪闪发亮，就好像有晶莹的雨丝落在了花瓣上。花影映在墙上，影影绰绰，四周是异常的、鬼魅的昏暗。萝丝勉强辨认出磨砂墙面、通往缘侧的石板路和不知名的神灵。这晦暗不明的生活，令人叹息。

日本妇人带萝丝来到卧室。在隔壁房间里，光滑的大木桶里热气蒸腾。萝丝滑入滚烫的水里，被这个氤氲无声的斗室、它的木饰以及简洁的线条吸引住了目光。沐浴结束后，她披上一件轻便的棉质和服，感觉就好像躲进了庇护所。她带着一股莫名的热情上了床，酣然入梦。

有人小心翼翼地敲了敲门，随后拉门哗哗地滑开。昨夜那个妇人迈着精准的小碎步，把一只托盘放在窗前。她说了句什么，然后轻轻地后退，跪坐，鞠躬，又重新拉上了门。在她的身影消失的那一刻，萝丝看到她低垂的眼睑忽闪着，茶色和服的腰带上绣着粉色的牡丹，令人惊艳。她说的句子断断续续的，但清脆的声音在耳边回荡，带着锣的音色。

萝丝审视着一道道不知名的菜肴、茶壶和饭碗，每一个动作仿佛都是亵渎。窗框光秃秃的，窗格上糊着和纸。她看到枫树的叶子如雕刻般精致，在风中微微颤动。远处，景色更加开阔，那里有一条河，两岸野草丛生，河床上遍布石子，看得见几条沙石小路，岸边的枫树丛里还夹杂着几株樱树。浅滩上水流潺潺，有一只苍鹭兀自独立着。天气晴好，空中有朵朵白云飘过。流水的力量让她心有所动。我在哪儿？她心想，虽然她很清楚这里是京都，答案却像幽灵一般溜走了。

敲门声再次传来。"哎？"她说。门开了。绣着牡丹的腰带再次出现，这一次，妇人跪坐下来，对她说："萝丝桑准备好了吗？"妇人指了指浴室的门。萝丝点了点头。我来这儿干什么？她心想，即便她很清楚，她是来听父亲的遗嘱的，答案还是溜走了。在宽敞空旷的浴室里，在镜子旁边，有一朵仿佛蘸过胭脂红墨水的白牡丹，像新作的

画儿一样晾着。清晨的阳光透过竹篱笆洒进来，
在墙上洒下星星点点的光斑，她沐浴在夺目的光
线里，恍惚中以为自己身处大教堂。穿好衣服，
她在走廊上右转，再左转，来到一扇关闭的门前，
然后走过一道又一道的拉门。在一个转弯过后，
纸门变成了深色的木门，与之前的拉门截然不同，
再次转弯之后，她来到一个大厅，中央种着一棵
枫树，树根扎在像天鹅绒一般丝滑的青苔里。一
株蕨类植物轻抚着树干，旁边立着一盏石灯笼。
大厅四周是露天的玻璃游廊。在这个条缕分明的
世界里，萝丝看到木拉门、低矮的座椅和漆器桌，
右边一个巨大的陶土花瓶里插着不知名的树枝，
上面的叶子像仙子一样轻盈又充满生机，但是这
棵树把空间撕裂了，她的感知也在其中消散，她
感觉树吸引着她，控制着她的呼吸，要把她的身
体变为一棵喃喃私语的灌木。过了片刻，她努力
摆脱了树的魔法，拉开一扇门，门板在木轨上无
声地滑动。她来到了内花园的另一侧，这里有许
多扇窗朝着河。河岸上生长着许多樱树，时空在
流动，晨跑的人跑过去了，萝丝想要融入他们，
无牵无挂，不在乎过往和未来。她渴望成为穿越
都市抵达海洋的四季和群山中一个游移的点。她

举目远眺，父亲的房子建在高处，在枝叶掩映的一条沙径之上。河对岸是相同的沙径、相同的樱树、相同的枫树，更远处，俯瞰河流，可以看到一条街道和一些房屋——那里就是城市。最后，在地平线尽头，是连绵起伏的山丘。

　　她回到枫树下。日本妇人正在那里等她。

　　"我叫佐代子。"妇人说。

　　萝丝点点头。

　　"萝丝桑想出去逛逛吗？"佐代子问道。

　　随后，她又微红着脸，用一种口音奇怪的法语说：

　　"散步？"

　　句子的尾音又一次像断裂的音符一样在空中回荡，她的眼睑像贝壳一样闪着珠光。

　　萝丝犹豫了。

　　"司机就在外面，"佐代子说，"等着您呢。"

　　"哦，"萝丝说，"那好吧。"

　　她有些慌乱，佐代子身后的树再次向她发出召唤，怪异又诱人。

　　"我去拿点儿东西。"她说着，飞速逃走了。

　　在浴室里，她又一次站在白牡丹面前，花瓣

如同沾了血迹似的，花冠雪白。"是冰点。"她
自言自语道。呆立了片刻，她拿起遮阳帽，离开
了静谧的浴室，去了前厅。日光下，广玉兰的花
瓣弯弯的，就像蝴蝶一样——它们是怎么做到的？
她想着，心里有些恼火。在屋外，昨晚的司机身
穿黑色制服，戴着白色帽子，在她出现时鞠躬致意。
他毕恭毕敬地为她扶着门，然后轻轻地关上。她
从后视镜里观察他的双眼，那就像用黑色墨水点
画的细细的线条，看不到眼珠，奇怪的是，她很
喜欢这目光的深渊。很快，他冲她孩子气地笑了笑，
蜡黄的脸上焕发出了光彩。

他们穿过一座桥，来到河对岸，往高处驶去。
她发现了这座处于混凝土、电线和霓虹灯招牌的
喧嚣中的城市，这丑陋的浪潮中时不时露出寺庙
的一角轮廓。山丘近了，他们来到居民区，沿着
河道前行。河两岸皆是樱树。他们终于停下车，
上方是一条小路，两边摆满了货摊，游客络绎不
绝。他们沿着斜坡走上去，经过一道大木门——"银
阁寺。"司机说。他的存在感微弱得令她惊讶，
仿佛他暂别了自己，全身心只为了她，只为让她
满意。她冲他笑了笑，他轻轻点了点头。

　　这里是一个古老的世界，入目皆是木墙灰瓦的建筑。面前是一大片青苔，中央长着高大奇特的松树，白沙中铺着石子路，有人用耙子在白沙里耙出了平行的纹路，旁边种着一丛丛的杜鹃花。他们走过一道门，进入主庭院。银阁就在右边，屋檐倒映在池水里，仿佛要展翅飞去。萝丝隐约觉得它在呼吸，有一个生命栖息在这些壁板、说不出年龄的回廊和映在水中的乳白色倒影的白纸门里。面前有一座白沙堆，顶部出奇地平整，左侧又是一大片白沙，同样被耙出平行的波纹，顶端弯成沙滩上波浪的样子。放眼望去，你首先会看到这枯山水，然后是顶部平整的向月台，屋檐飞起的银阁；远处是池塘，修剪得像飞鸟一样的松树，还有杜鹃花；青苔无处不在，平整明亮，铺满了河岸和古老的石头。最后，庭院通往一个广场，那里游客云集。在萝丝和广场之间的那道斜坡上，层层叠叠地长满了枫树。

　　这样的美、山石和木头令她难以承受，她昏昏沉沉的，一切都太过强烈。我受不了了，她心里想着，既疲倦又惊恐。紧接着，她有了新的感受。心脏怦怦跳动，她环顾四周，寻找一个可以坐下的地方。仿佛回到了童年的国度。她倚靠着主殿的木回廊，目光落在杜鹃花上。淡紫色的花瓣传递出的恐惧和欢乐融为一种新的情感，她发现自己处于纯净冰冷的水的庇护之下。

他们沿着访客路线，在小木桥上停留了片刻。桥下的水倒映着灰色的天空，走过小桥，便来到枫林和庭院的高处。池塘四周也种满了高大奇特的松树。萝丝抬起头，看着向空中伸展的一根根松针，深色的树干将大地的力量注入这些如闪电般的植物中。她感到自己被滚滚的云雾和青苔所吸引。司机踱着步子走在前面，时不时转过身，不无耐心地等着她，直到她给出指示。他平静的神色也让萝丝平静了下来，重新回到现实世界，而在此之前，庭院的力量把这世界消融在了树林里。此刻，他们沿着一条小路走，路两旁种满了高大的青竹，她似乎伸手就可以触摸枫树扎根其中的天鹅绒似的青苔。石阶到了，一级一级走过，树枝重新组成了一幅完美的画面，这种视觉设计打动了她，但也让她非常恼火——她惊讶地发现，这种恼火让她身心舒畅。最终他们走到了小广场，下方就是银阁，木墙，灰瓦，枯山水；远处，是京都，

再远处，山峦起伏。"我们在东边，"司机说，
然后他指着地平线的方向，"西山。"

　　她环视着这座城市。这里的一切都与山的存
在息息相关，在东、西、北三面，山形成直角，
环抱着整座城市。事实上，这些山很高大，极目
远眺，给人一种宏伟的印象。在晨曦中，山丘满
目葱茏，郁郁绿意向着城里流动。而在近前，在
眼前的绿化之外，城市是丑陋的钢筋水泥。萝丝
的视线回到下方的庭院里，这里的精致令她震
惊——金刚玉般的表象，其纯度随着疼痛而加剧，
唤起了她童年的感受。就像在往日的梦里那样，
她在冰冷刺骨的黑水里挣扎，而此刻变成了光天
化日之下，在繁茂的树林里，在一朵白牡丹血迹
斑斑的花瓣里。她倚靠在竹栏杆上，审视着附近
的山丘，寻觅着什么。靠在一旁的女人冲她笑了笑。

　　"您是法国人吗？"女人带着一丝英国口音
问道。

　　萝丝转过身去，看到一张布满皱纹的脸，灰
白的头发，制作精良的外套。

　　不等她回答，女人又说道：

　　"太美了，不是吗？"

萝丝表示赞同。

"这是几个世纪的牺牲和奉献的结果。"

英国女人因为自己的话笑了。

"为一座庭院受这么多的苦。"她轻声戏谑道，但目光紧紧盯着萝丝。

"好吧，"由于萝丝始终不开口，女人说，"或许您更喜欢英式花园。"

她又笑了，漫不经心地抚摸着竹栏杆。

"不，"萝丝说，"但是这里太让我震惊了。"

萝丝想谈谈冰冷刺骨的水，犹豫了一下，还是放弃了。

"我昨晚才到的。"她最后说道。

"这是您第一次来京都吗？"

"这是我第一次来日本。"

"日本，这个人们饱受痛苦却又对苦难不太在意的国家。"英国女人说，"作为补偿，人们收获了这些供神灵品茶的庭院。"

萝丝生气了。

"我不这么认为，"萝丝说，"没有什么能补偿受过的苦。"

"您这么认为吗？"英国女人问道。

"生活带来苦难，"萝丝说，"人们不能指

望从痛苦中受益。"

英国女人转过头去，专注地看着银阁。

"如果没有做好受苦的准备，"她说，"也就没有准备好生活。"

她从竹栏杆旁走开，冲萝丝笑了笑。

"祝您待得愉快。"她说。

萝丝回头看向司机。他的目光正在追随那个英国女人，看着她的身影消失在枫树的枝叶下，表情充满了敌意和恐惧。萝丝走上了下坡的路。前方就是银阁前的池塘，当她踏上最后一级黑色石阶时，停了下来，被一个念头猛地摄住：并没有任何人在任何地方等她。她来这里听她从未谋面的父亲的遗嘱，她的一生就是不停地面对亡灵，它们决定了她的步伐，但从未给过她任何回报。她总是向着虚空和冰水前行。她记得在外婆的花园里度过的一个午后，记得白色的丁香和花园边缘的杂草。英国女人的话又回到她的脑海里，随之而来的，还有叛逆的情绪。"从来没有。"她大声地说。然后，她凝视着灰色的水面、银阁、枯山水、枫树、童年和花园的边缘，忧伤如潮水般涌来，闪烁着纯粹的幸福的光芒。

2

THE TWO

在日本古代的伊势国，有一名女医师生活在大洋的一个海湾边。她熟稔植物的药效，用植物为前来求医的人缓解病痛。即便如此，她自己也不断忍受着可怕的病痛，就仿佛这是神明的决定，任何人都无法改变。有一天，她用石竹煎茶，治好了一位皇子，皇子对她说："你为什么不用自己的医术治好自己呢？""那样一来，医术就会消失。"她回答，"我就再也不能为别人治病了。""要是你自己能免于病痛的折磨，能不能给别人治病又有什么要紧呢？"她笑了，去花园剪了一大捧绯红的石竹，递给他说："这样的话，我又能无忧无虑地把我的花献给谁呢？"

一捧绯红的
石竹

　　到了四十岁，萝丝还几乎没有真正地生活过。小时候，她在一个美丽的乡村长大，在那里认识了紫丁香、田野、林间空地、各种莓果和溪流。傍晚时分漫天金色和粉色的云霞，让她领悟到了世界的智慧。萝丝总是在夜幕降临后阅读，她的灵魂因而被塑造得崎岖蜿蜒，充满了故事。直到有一天，就像弄丢一条手绢那样，她突然失去了幸福的能力。

　　年轻的时候，萝丝总是闷闷不乐。别人的生活看起来都是多彩而温馨的，而她的生活，每每想起，都像捧在手心里的水那样流走了。她也有朋友，她爱着他们，但这并不能使她的心里激起丝毫波澜；交往过的恋人都成了她生命中影子似的过客，只留下一些模糊不清的轮廓。她从未见过自己的父亲，在她出生前，母亲就与父亲分开了，而母亲留给她的只有忧伤和缺席。尽管如此，她仍然惊讶于母亲离世给她内心带来的刻骨铭心的痛苦。五年过去了，她终于承认自己成了孤儿，尽管她知道父亲还生活在世上的某个地方，是个日本人，知道他的名字，还知道他很富有。母亲有时会漫不经心地提起他，外婆则缄口不言。萝丝有时会想象父亲同样也在思念着她，有时又会因为自己的红发碧眼说服自己，日本是母亲编造的，父亲并不存在，自己是从虚空中蹦出来的——萝丝不属于任何人，也没有任何人属于她，虚空腐蚀着她的生命，一如孕育她的生命那样。

如果萝丝知道自己在别人眼中的样子，肯定会感到震惊。创伤为她覆上一层神秘色彩，痛苦让她看起来内向，让人们误以为她活得隐秘而热烈，她的美貌和严肃都吓退了别人，拒人们的热望于千里之外。她高深莫测的植物学家的身份，也让人更加犹豫不前，人们尽管欣赏她的优雅非凡，却不敢在她面前谈论自己。她和那些走进她生命的男人做爱时总是漫不经心，也可称之为温

柔或热情。但她的热情向来维持不过几天，相比
人类，她更喜欢猫咪。她也喜爱植物，但总感觉
面前隔着一层无形的纱，遮蔽了它们的美，夺去
了它们的生命——而在这些熟悉的表皮和花冠里，
又有什么东西令她悸动，试图与她产生共鸣。年
复一年，生活逐渐被她噩梦里冰冷刺骨的水淹没，
她在这黑水里逐渐下沉。后来外婆也离世了，萝
丝再也没有恋人、没有朋友，她的生活收缩了，
被冻结在冰层里。一周前的一个清晨，她被一位
公证员告知父亲去世，于是乘飞机来到了日本。
对于这次出发，她什么都没有问，这和她虚无生
命中的其他所有事情一样微不足道。她神情郁郁
地顺从了公证员的请求，但在这顺从之下的隐秘
渴望，此刻，要由京都来揭开。

萝丝跟着司机，再次走过寺院的大门，沿着
商业街向下走去。"萝丝桑饿了吗？"他问道。
萝丝点点头。"简餐就行。"她说。他露出惊讶
的神色，思考了片刻，便接着向前走。跨过运河，
他们向左转进入另一条街道，在一座小屋前停下
来，人行道上摆着招牌，上面写着什么。司机弯
腰从短门帘下进去，推开拉门，萝丝跟着他走进

一个单间，里面散发着烤鱼的味道。房间正中央
是一个木炭烤炉，上方有一台巨大的排气扇；左
边是吧台，一溜儿八个座位；右边，在炉灶后面，
是一些架子，上面堆满了各式各样的厨具和餐具，
还有一个操作台；在一张矮橱上，靠磨砂墙排放
着许多瓶清酒，墙上画着猫的图案。总之，这里
的杂乱和木头，活像她儿时见到的小酒馆。

　　他们在吧台坐了下来，厨师出现了，是一个
胖子，绑着一身短打和服。一名女服务员给他们
拿来热毛巾。"萝丝桑吃鱼还是吃肉？"司机问
道。"鱼。"她回答。他用日语点了菜。"要啤
酒吗？"他又问道。她同意了。两人都没再说话了。
在沉默中，一种存在浮现出来，在他们四周震颤
着，一股纯真的气息在这个杂乱的地方飘散，萝
丝感觉这个世界正以一种古老的方式震动——古
老，是的，她心想，即使这没有任何意义。此外，
这里并非只有我们。女服务员端来一只漆器托盘，
在他们面前摆上了各式餐具，里面盛满了不知名
的菜肴，一碟生鱼片，一碗饭，还有一碗清汤。
她用抱歉的语气说了什么。"鱼马上就好。"司
机翻译道。厨师把两条穿着扦子的鲭鱼放在烤网

上。他大滴大滴地流着汗，时不时用白毛巾擦擦脸，但萝丝并没有像在巴黎时那样觉得反感。她喝了一大口冰啤，吃下一口白色的生鱼片。"这是墨鱼。"司机告诉她。她慢慢地嚼着。柔滑的软体动物轻触着上腭，脑海里闪过一些画面：猫、湖泊、灰烬。不知为何，她想要大笑，片刻后，又感觉如同一块锋利的刀片猛然袭来——可袭往何方呢？——本应让她痛苦的地方竟然生出一股强烈的愉悦。她又喝了一大口啤酒，尝了一口红色的生鱼片（金枪鱼，他说），感官被颠覆了；平添了这么多愉悦，女服务员端来烤鱼时，她赞叹不已。她努力用筷子拣出鱼肉，聚精会神，最后采取了缓慢、细致的策略，终于成功了。鱼的味道很鲜美，她吃饱了，不同寻常地觉得安宁。

他们回到了家里，一名西方男子正在等待萝丝。当她走进枫树厅时，他彬彬有礼地向她致意。佐代子站在一旁看着萝丝，双手交叠放在牡丹花的位置。男子朝萝丝走近一步。她注意到，他移动的方式有点特别，仿佛他劈开了液体的空间，在两片真实的水域里游动。她还注意到那双清澈的眼睛，蓝色或绿色，以及额头上那道深深的皱纹。

"我叫保罗，"他说，"我是你父亲的助手。"

见她一言不发，他补充道：

"或许你还不知道，他是艺术品商人？"

她摇了摇头。

"现代艺术品商人。"

她环顾四周。

"我没看到这里有任何现代的东西。"她说。

他笑了。

"现代艺术也分好多种。"

"你是法国人？"

"比利时人。但我来这儿有二十年了。"

她估算着他的年龄，不明白是什么让他在二十岁时来到这里。

"我当时在布鲁塞尔大学学日语，"他说，"来到京都以后我遇到了春，就开始为他工作。"

"你们是朋友吗？"她问道。

他犹豫了一下。

"他是我的导师，不过，是的，我们可以说是朋友。"

佐代子对他说了句什么，他点了点头，示意萝丝在枫树左侧的矮桌旁就座。她坐了下来，感觉生命像一只被戳破的气球，正在慢慢放空。佐代子端来茶水，茶杯是粗陶材质，上面带着耕地的纹路。萝丝把茶杯拿在手里，摩挲着粗糙不平的表面。

"柴田圭佑。"保罗说。

她看着他，不明就里。

"陶艺师的名字。春推介他有四十年了。他还是诗人、画家、书法家。"

他喝了一口茶。

"你感觉累吗？"他问道，"我需要跟你一起看看接下来几天的安排，请告诉我你感觉如何。"

"我感觉如何？"她说，"在我看来，我累不累并没有那么重要。"

他盯着她的眼睛。她有一丝窘迫，等待着。

"是，"他说，"但我愿意马上就知道。其他问题，我们会充分谈到。"

"谁告诉你我想谈的？"她有些咄咄逼人，但马上就感到后悔。

他没有回答。

"需要做什么？"她问道。

"先聊聊，然后周五去公证员那里。"

他一直盯着她的眼睛，语调平静、不疾不徐。佐代子从枫树另一侧的门走进来，给他们添了茶，然后站在一旁，给保罗抛过一个询问的眼神，双手依然放在粉牡丹上。

"浴室里有一枝牡丹，"萝丝说，"这个品种叫作 Hyoten。它出自大根岛，是在火山灰里长大的。在日语里，Hyoten 是什么意思？"

"冰水，或者更确切地说，是水结冰的温度，冰点。"他回答。

佐代子看着萝丝。

"火山冰夫人。"她说。

"你是植物学家。"保罗又说。

所以呢？萝丝心想，又一次感受到了之前看到门口的广玉兰时的那种恼火。

"他经常跟我谈起你，"保罗补充道，"他没有一天不在想你。"

这句话于她而言就像一记耳光。他没有这个权利。她心想。她想要说点儿什么，最终只是点了点头，不知是在表示赞同还是抗拒，不明白自己有没有听懂保罗说的话。他站起身来，她也呆呆地跟着站起来。

"你先休息一会儿，我马上回来。"他说，"然后我们去城里吃晚餐。"

她回到房里，瘫倒在榻榻米上，双臂抱在胸

前。有一只黑色的花瓶，里面巧妙地插着三枝石竹，花冠低垂着，投下微妙的影子。这是中国的品种，花瓣简单，花茎柔嫩，是非常浓烈的胭脂红。这三枝花，模样单纯，香气清新。就像一记叱责，它们的姿态中有什么东西令她不安，一股怒气汹涌袭来。她睡着了，直到两声很轻的敲门声将她瞬间唤醒。

"谁？"她说。

佐代子的声音传来："保罗先生在等您。"

她一时间有些恍惚，然后记了起来。

"我就来。"她回答道，心想：敲门，召唤，出门就有人陪同，比上学还要糟糕。

她不知道自己睡了多久。很久，她心想。我格格不入，总是格格不入。在浴室里，她照着镜子，看到枕头在脸颊上留下了长长的印子。在一股冲动的驱使下，她拿起一管口红，然后又放下。他经常跟我谈起你。她把口红扔了出去，丢到了房间的另一头。她重新走回卧室，看着石竹，平静了下来。

在枫树厅里，她找到了保罗。

"我们走吧？"他迎上前来，说道。

　　她这才发现，他走起路来有点跛，在她看来，这种不正常是因为他像一条河鱼一样划入了这个世界，要打破坚冰以后才能顺畅地游动。她跟着他来到前厅，在这里，广玉兰开得亭亭玉立。他们走过临街的小花园。杜鹃花开得正盛，粉色和紫色的花瓣像烟花一样，绽放出满天繁星。在石灯笼脚下，随处可见的平整光滑的青苔地上，生长着一簇簇的玉簪花，右边是一排枫树，左边是一道白墙，在升腾的暮色里，一丛青竹的影子在墙上浮动。

　　"我们去哪儿？"她问道。

　　"在京都，春到哪儿都能被认出来。'狐狸'是他的秘密据点。"

　　和上午一样，司机还是把他们带到对岸，沿途依然是钢筋水泥和挂满电线的街道。餐馆拉门的右边挂着一盏红灯笼，萝丝觉得它像极了夜间的灯塔；餐馆里烟雾缭绕，影影绰绰，尽里头的吧台上摆满了清酒瓶，烤肉的香气源源不断地从后面飘来。面前摆着四张深色木桌，顶端悬挂着几盏灯，光线洒下来，营造出半明半暗的视觉效果。墙被刷成了黑色，上面贴满了漫画海报、广告和超级英雄海报，到处都堆着啤酒箱、不知名的瓶子和漫画书。总之，这里弥漫着一种特殊的氛围，一切都那么生动有趣，散发着木头的气息。他们所有餐馆都是一幅童年谷仓的样子吗？她寻思着，这才发现自己饿了。

"我以为日本是一个清心寡欲的国家，"她说，"没想到到处是油炸食品。"

"这里可不像在新教徒那里，"保罗说，"我是这么认为的。日本大体上是一个寻欢作乐的窝子。"

"他家里不像这样。"她说不出"我父亲家"这样的字眼。

"所以我说大体上。"他重复道。

主厨出现了，是一个戴眼镜的年轻人，牙齿前凸，额前绑着一条布带。萝丝注意到保罗亲切地对他说了几句话，他露出羞涩又好奇的神色，然后，她似乎听到父亲的名字，年轻人顿时变了脸色。他摘下眼镜，擦了擦，沉默了片刻后，看着她说了句什么。

"欢迎光临。"保罗翻译道。

就这些？她心想。

"你吃肉吗？"保罗问道。

"这个餐馆是什么类型的？"

"烧鸟店。烤串。"

"很适合我。"她说。

"啤酒还是清酒？"

"两种都要。"

两个男人简单交谈了几句，然后，她和保罗面面相觑，一言不发，空气中飘浮着一种尴尬的气息。当主厨把两大杯啤酒放在他们面前时，她吓了一跳。早上的想法——"我们不是独自在这里"——又一次在脑海中闪过，她想：怎么回事？在这个国家，我们从来都不能独处吗？

"春出身贫寒，"保罗说，"这里的烧鸟能唤起他在高山市的大山里度过的童年的记忆。"

他举起杯子。

"敬你。"他说，然后不等她回答，咕嘟喝了一大口。

不知怎的，她突然想起插在黑色花瓶里的那三枝石竹。主厨端来许多烤串和一瓶清酒。她一口气喝了半杯啤酒，感觉好了些。

"来自高山的清酒。"保罗给她倒了一杯。

"高山？你想跟我玩感伤的把戏？"她问道。

他直直地看着她，目光清澈。她感到一丝不

自在，于是端起酒杯，又喝了一大口。她注意到他扬了扬眉毛，高高的额头中间显现出一道深深的竖纹。清酒很清爽，有一股果香，口感柔和，提升了烤肉的口感。她有了一丝醉意，发现他们已经在沉默中吃了好一会儿，晚餐已经接近尾声，而他们还几乎没说过话。不同于刚开始的窘迫，她现在放松了许多，在保罗重新开始讲话的时候，她感觉如同飘浮在一个安详的梦里。

"春最大的遗憾，就是他生前什么都不能给你。"

他不能这样，她心想，他不能总是动不动戳她的心窝。

"为什么不能？"她恼怒地问道。

保罗看着她，一时惊呆了。

"我以为你知道。"他说。

我知道，好，我知道。她心想，几乎要气疯了。

"他为什么遗憾？"她又一次问道。

他喝了一大口啤酒，回答得很慢，斟酌着字眼。

"因为他相信，奉献使人永生。"

"他信佛？"她问道，"你呢？你信耶稣吗？"

保罗笑了。

"我是无神论者，"他回答，"但春以他自己的方式信佛。"

"什么方式？"

"他因为热爱艺术而信佛。他认为佛教是典型的艺术的宗教，他同时还认为，佛教也是清酒的宗教。"

"他喝得多吗？"

"是的，但我从没见他醉过。"

保罗喝干了酒杯。萝丝一脸敌意地盯着他。

"我是应别人的要求才来的。"

"我强烈怀疑。"他说。

她笑了，一脸的尖刻和嘲讽。

"他现在又能给我什么？"她问道，"他的缺席和死亡能给我什么？钱？歉意？漆器桌？"

他没有回答。他们后来都没有再继续这个话题，但是，当他们坐上在外等候的汽车回家时，当浓郁的夜色像汁液一样在他们身上流淌时，当他们穿过灯笼点亮的花园，然后保罗在广玉兰下告辞时，她发现了鲜花在自己身上产生的威力，却仍不知其意。她感觉在这表皮和花冠里有什么东西在颤动着，试图与她产生共鸣。她筋疲力尽，在芜杂的思绪中沉沉睡去。夜里，她做了一个梦，梦到自己明白了石竹的用意：它们要求被摘下来，它们请求做出献祭。她伸出手，抓住根茎，把它们从水里拔出来，任其在榻榻米上淌水。然后，在卧室中半明半暗的光线里，她看到自己把三枝鲜红的石竹递给保罗，对他说："不然，我又能无忧无虑地把我的花儿献给谁呢？"

3

THE THREE

在欧洲的启蒙时代，日本还是一个封建国家，传说，诗人小林一茶长期生活在痛苦之中。一天，他前往京都的一座禅寺——诗仙堂，久久地坐在榻榻米上，观赏庭院。一个小和尚走过来，向他夸赞白沙有多么细腻，石头有多么美，他们围着石头耙出了纯粹的圆。一茶不语。小和尚又滔滔不绝地夸赞起石头的景色有多么深奥，一茶依然不语。小和尚惊讶了，又称赞耙出的圆有多么完美。于是，一茶抬了抬手，指着在白沙和石头之外开得绚烂的杜鹃，说道："走出这个圆，你会遇见繁花。"

你会遇见
杜鹃

萝丝在如水的月光中醒来。透过打开的窗，她看见月亮孤独地挂在天上，泛着珍珠的光泽。一个画面在脑海中成形，那是一个乡村的葡萄园，这个画面再次来纠缠她，似乎很不寻常。天气炎热，知了不知疲倦地叫着，她一动不动地待了一会儿，双眼睁得大大的，呼吸平缓，世界在运转，而她是静止的，有风吹过，她依然一动不动。在寂静中，在黑暗中，她不在任何空间里，也不在任何时间里。她再次睡去。

醒来后，她回想昨晚的晚餐，想起她无法定义的存在之光。她洗了澡，穿戴整齐，去了枫树厅。佐代子就在那里，穿着一件浅色和服，橙色的腰带上点缀着灰色的蜻蜓。这位日本妇人示意萝丝就座，然后为她端来昨天那只托盘，萝丝再一次注意到日本妇人白皙的眼睑。

"萝丝桑昨晚睡得好吗？"佐代子问道。

萝丝点点头。

"司机说，您昨天遇到了Kami。"她补充道。

"Kami？"

"Kami。神灵。"

萝丝看着她，疑惑不解。"我昨天遇到了一个神灵？"然后，萝丝想起在银阁寺遇到的英国女人，以及她离开时司机的眼神。

"那个英国女人？"萝丝问道。

佐代子看起来很不高兴。

"Kami。"她重复道。

然后，她担忧地皱起眉，说：

"坏Kami。"

说完，佐代子迈着固执的小碎步走远了。萝丝兴致勃勃地练习起用筷子吃鱼的技术，不知那是什么鱼，肉质细嫩，入口即化，她像小学生一样满足地咀嚼着。萝丝没有吃米饭，给自己倒了一杯绿茶，嗅闻它的香气。心中升起一股莫名的情绪，促使她站起身来，她想要透透气，于是打开朝向河流的窗。水的力量扑面而来，她急忙抽身回来，发现自己停在了枫树前。这棵树顶天立地，牢牢地扎根在天井的那一线光里，将青草般的绿茶的芬芳所营造的画面氛围吸收殆尽——只有眼泪、田间的风和痛苦。当幻觉消失时，耳边还残留着外婆的声音："求你了，别当着小家伙的面哭。"紧接着，屋里传来拉门移动的声音，萝丝吓了一跳。是保罗，他用流畅却又断裂的方式劈开空气，抱着一束粉牡丹向她走来。

"准备好出去转转了吗？"他问萝丝，佐代子把牡丹花接了过去。

她吃了一惊，但还是点了点头。司机就在外面等着他们，天气很好，有一丝凉爽，她惊讶地发现自己竟然有了轻松的感觉。走吧，她心想，不会很久的，从来都不会很久。他们又一次过了河，但这一次，他们一路向北走进了山里。行驶了一段时间，他们向右拐上了一道斜坡，穿过一片豪华住宅区后，司机在一道木门前停了下来。

"诗仙堂，"保罗说，"这个季节我最喜欢的去处。"

"是一座寺庙？"她问道。

他点了点头。他们爬了几级台阶，然后走上一条石板路。路两旁有高大的竹子，灰色的茎和黄色的叶子看起来就像一片金色的茅草屋顶。时不时地，可以看到路边的白沙，被耙出了平行的纹路，就好像一条石子小溪。萝丝感觉这平静的水流轻抚着她，感受到了它轻柔的颗粒感，感受到了金色水流的欢快。他们爬了几级台阶，来到寺庙前。在围墙边，是一片同样的白沙滩，中间种着一丛杜鹃花。他们脱了鞋，走了进去。穿过走廊，他们来到一道铺着榻榻米的回廊，这里正对着庭院。保罗在观景台中央坐了下来，萝丝挨着他。四周一个人也没有。

萝丝看不到其他的东西。周围植被繁茂，林间有微风拂过，能看到修得圆圆的灌木，而她的一生，她所度过的年年月月都和面前用耙子耙出的弯弯的线条紧密相连，它们环绕着巨石、杜鹃花和玉簪，那沙子是如此细腻，一不小心就会眯了眼睛。从这完美的椭圆中诞生了整个宇宙，萝丝的意识随着沙子起舞，追随着它的轨迹，绕过石头和树叶，再次出发，天地之间，只剩下在岁月的圆环、意义的回路上的无尽漫步。她想，我疯了。她想要摆脱，但又放弃了，任由自己沉溺在石头的循环中。她朝远处望去，但什么也没有看见。整个世界都躲在了这片沙与圆里。

"春天，人们都来这儿看杜鹃花。"保罗说。

她突然有一种直觉。

"是他让你带我到处转的吗？他做好了计划？包括银阁寺，还有这座寺庙？"

保罗没有回答。她又一次审视着椭圆、沙子和象征内心世界的线条。远处，大片的杜鹃花丛给光秃秃的庭院打造了一道温柔的绿色屏障。

"我没有看杜鹃花，"她说，"我在看圆。"

"在禅宗里，人们把这些圆称作圆相。它们可开可合。"

她惊讶地发现，他的话激发了她的兴趣。

"它意味着什么？"她问道。

"随你而定，"他回答，"真相在这儿并不重要。"

"就是因为这个，他才让你把我像笨重的包裹一样从这儿搬到那儿，把现实消融在圆里，沉溺在沙子里？"

他不置可否，继续观赏庭院。

"您是植物学家，您却不看花。"他最后说道。

他语调平平，没有任何攻击或评判的意味。

"我最喜欢一茶的一首诗。"他又道。

他用日语朗读了一遍，然后又翻译成法语：

我们行走在世上

在地狱的屋顶上

看着繁花

她注意到有一个声音反复出现，和他们刚来寺里时听到的声音是同一种，一种清脆的响声，有规律地掩盖住美妙的水流声。突然，有什么改变了。沙子变换形状，堆成一堆，在一个普通的沙漏里流淌，然后又突然消散。与此同时，景色逐渐膨胀，在大树、鸟鸣声和微风的呢喃中铺展开来。从此刻起，她看到了下方流淌的小溪，经过石床边随风摇曳的空心的竹子，伴着脆响，流往另一个方向，继续它的旅程；还看到了枫树、岸边的鸢尾以及随处可见的在古老的沙地里生根的杜鹃。一阵悸动贯穿她的身体，然后，一切又回到了原本的样子，她又变回了在陌生的庭院里迷失的那个萝丝。但在某个地方，在真相不再重要的某个地方，她打算看看繁花。他们站了起来。

"我猜，你要带我去他吩咐过的地方吃午餐。"她说。

"餐馆不是他提议的。"保罗回答，"但在午餐前，我想给你看点东西。"

"你没别的事要做吗，除了照顾我？"她问道，"你没有家庭吗？你不用工作吗？"

"我有一个女儿，我把她托付给了可靠的人，"他说，"至于工作，这要看你的安排。"

她思考了片刻。

"你女儿几岁啦？"

"十岁。她叫安娜。"

萝丝没敢问安娜母亲的消息，想到有这么一个人存在，她感觉有些奇怪，把这个念头从脑海里驱除了出去。

他们回到家里，早晨的粉牡丹在门厅里勾勒出复杂的造型。她跟着保罗，从她的卧室前走过，一直来到走廊尽头。他拉开昨晚让她折返的那道拉门。这是一个榻榻米房，有两扇呈直角的高大落地窗，一扇朝着河，另一扇朝着北山。朝东摆放的矮桌上放着一盏纸灯，书法用具，几张散乱的纸；与落地窗相对的墙上，镶嵌着浅色的护墙板。在这个房间里，她首先注意到了河，然后是山脊像布料一样层层叠叠的群山，最后是护墙板上仔细钉着的照片。

在其中一张照片里，可以看到一个红发小姑娘站在夏日的花园里。背景是高大的白色丁香，盖满了整整一堵石墙。右边，视角转向漂亮的山谷，青绿色的山丘，一条河蜿蜒流过，空中乌云密布。她看了所有的照片，片刻后明白了，只有这张照片不是偷拍的。其他照片都是在她不知道的情况下用长焦镜头拍摄的，从各个角度，在各个季节。

"他是怎么拿到这张照片的？"她走近红发小姑娘，问道。

"是宝萝。"保罗说。

"通过什么途径？"

"有一天，春从她那里收到了这张照片。"

"就这样？"

"就这样。"

萝丝环顾着护墙板。偷拍的照片里，全部都是她，不同年龄段的，和外婆宝萝、女朋友、男朋友、情人一起的。她在榻榻米上跪下来，像忏悔者一样垂下了头。她一再祈求和渴望的证据激起了她的怒火，她抬起了头。

"没有一张和我母亲在一起的照片。"她说。

"是。"

"他监视了我一辈子，却没有一张和她的照片。"

"他没有监视你。"保罗说。

她看着他清澈的目光，越发恼怒。

"这是什么？"她问道。

"这都是莫德给他的。"

"没有母亲的一生。"她说。

她站起身来。

"也没有父亲。"

她又跪下来。

"你想过他一直在关心你吗？"保罗问道。

她没有回答。

"你生气了。"他说。

"换作你，你不会生气吗？"她烦躁地指着照片，喃喃地说道，听到自己的声音在颤抖，因此感到更加痛苦。

有那么一刻，萝丝迷失在在两个意识层面之间。她看着丁香花园里的红发小姑娘，不断升腾的怒气毫无预警地发生了改变。小时候，她过着人们眼中幸福充实的生活，而之后的记忆里只留下一片虚空。如今，这回忆重新浮现，像一只盛满美丽水果的玻璃杯，她嗅着成熟桃子的香气，听到昆虫的嗡嗡声，感受到时间变得绵软无力；一种旋律在某处响起，那是来自心脏或世界中心的边缘，世界变成了液体，她任由自己随波逐流。她的生活是用银线织就的，这银线在花园的荒草中蔓延——她始终追随着最闪亮最炽热的那一根，如今，它将无尽地延伸，直至无限。

"愤怒从来都不是独自出现的。"保罗说。

她努力从黯然失神的状态中挣脱出来。圆的曲线在无声的爆裂中再次组合，仿佛大梦初醒，她试图留住那美丽的水果，终究是徒劳。

"佐代子说，司机告诉她，我在银阁遇见了神明。"萝丝说，"一个恶灵。"

他在她身边坐下。

"可我在那儿没遇见任何人，只和一个英国女游客聊过几句。"

"佐代子和关东对于神明有他们自己的看法。"他说，"我不确定他们这种划分是不是正统。"

"英国女人对我说，如果没有做好受苦的准备，也就没有准备好生活。"

他笑了一下，但这笑并不是对她的。

"痛苦没有任何意义，"她说，"绝对没有

任何意义。"

"但痛苦就在那儿。我们要怎么办？"

"它在那儿，我们就要接受它吗？"

"接受？"他重复道，"我不这么认为。但这是冰点的问题。在冰点以上，元素还是液态；但到了冰点以下，它就成了固体，成为自身的囚徒。"

"这说明什么？无论如何都要承受吗？"

"不，我只是想说，一旦低于冰点，一切都被冻住了，无论是痛苦、欢乐、希望还是失望。"

"Hyoten，"萝丝心想，"这些花儿真是够了。"

"我们家都是偏执狂，我母亲总是不开心，我总是愤怒。"她说。

"你外婆呢？"他问道。

离开房间的时候，她回头看了看。在落地窗外，群山的山脊泛着淡淡的蓝色，风和日丽，从地面升起的薄薄雾霭，将它笼罩，抹去了山峰和沟壑，为世界蒙上一层无形的、半透明的水墨。

在车上，她像个孩子一样闷闷不乐，沉默使气氛压抑，但她不愿打破。保罗选的餐馆她很喜欢，但她克制着没说出来。他们在吧台就座，入目皆是油亮的金色木头，没有任何装饰，似乎是一个简陋的小屋。在他们对面，光影流动的墙洞里，像牡蛎壳一样凹凸不平的陶土花瓶里插着几枝枫树枝。保罗点了单，很快有人端来两杯啤酒。她想，这次他们要在沉默中吃饭了，但喝了几口啤酒后，保罗开口了。

"春在高山市附近的群山里长大。他家的房子就建在一条湍急的河边，那条河一年中有三个月都是冻住的。他们一家人在镇上开了一家清酒铺子，他父亲每天都要步行下山。春带我去过那里，在浅滩上有一大块岩石，他说他就是看着岩石上的雪落雪融长大的。和大雪覆盖的森林、瀑布、冰层一样，岩石顺应了天命。"

"又是冰。"萝丝心想。

"十八岁那年，他来到京都，身无分文，举目无亲，但很快，他结识了所有和材料打交道的人：陶艺家、雕刻家、画家和书法家。他通过他们的工作发了财。他天生就是做生意的好手，具有与众不同的魅力。"

保罗看着萝丝的眼睛。她又一次被激怒，恼怒地想着前厅里那些无法形容的玉兰花。

"然而，在他的一生中，他没有一天不把时

间用在赚钱上。他想自由地、以自己的方式向家门前那条河里的岩石致敬。当你出生后，他打算给自己的女儿留下一笔能够散发芳香的遗产。"

"芳香？"她重复道。

"芳香。"他说。

她喝了一大口啤酒。她的手在颤抖。一名厨师出现在他们面前，鞠了鞠躬，然后从枫树左侧的小冷柜里拿出了生鱼片。她没有留意面前已经摆上一溜儿生肉、章鱼须和橙色的海胆，只看到自己为了远离暴力和流言蜚语付出了多少努力——暴力和死亡，她想着，心里满是疲倦，很快，一丝奇特的兴奋感涌上心头，是这个树和石的国度带来的。厨师在他们每人面前放了一只棕灰色的方形瓷碟，表面像山路一样凹凸不平，然后在这泥土色的表面上，放上腌制的姜和一只肥美的金枪鱼寿司。她一口吞了下去，渴望获得一个全新的躯体，渴望逃离那些思绪，整个身体只剩下一个胃。柔嫩的鱼肉混合着拌过醋的米饭，这味道让她平静下来，放松之余，她又重新感受到自己的身体。她想，她能够理解父亲，她也将被物质、被胶泥、被肉和米饭所打造的绷带拯救。剩余的午餐时间里，他们都没有再说话。保罗在前厅的粉色牡丹前向她告辞："晚餐的时候我来接你。
下午要是想去城里走走，关东随时恭候。"

萝丝回到卧室，在榻榻米上躺下来。"我走
在地狱的屋顶上，不看繁花。"她想着，眼前浮
现出在诗仙堂看到的高大的杜鹃花。当她沉入梦
乡时，她看到一个完美的圆，在她的潜意识里一
遍又一遍地画着，带着浓重闪亮的墨色，在梦境
与现实中飘浮，画出一道精致的螺旋。当她沉迷
于这无穷无尽的流动时，圆却停止不动了，它打
开了一道缺口，几朵云飘浮在上面。

在平安时期，京都还是一个孤寂群岛的都城。
一天，一个小姑娘从城里出发，步行一个小时，
在清晨时分来到伏见稻荷大社，拿出稻米供奉神
灵。走近供桌时，她看到旁边开满了小小的鸢尾，
白色蓝点的花瓣，橙色的花蕊，紫色的花心。

一只狐狸坐在花丛中，等待着她。

她注视了片刻，把稻米递给它，它却忧伤地
摇了摇头，她不知所措，又摘了一朵花送到它的
嘴边。它接了过去，仔细地咀嚼着，然后，用一
种她能听懂的语言说——哎呀！随后她对这段话
的记忆便丢失了。相反，人们知道，小姑娘后来
成为日本古典文学中最伟大的女作家，她终其一
生都在抒写爱情。

她摘下一朵
鸢尾

萝丝在半梦半醒中沉浮了片刻，沉醉在开放的圆里无法自拔，但很快，这种感觉消失了。她往窗外望去，河水映入眼帘。她戴上遮阳帽，离开了卧室。

枫树厅里一个人都没有。她抚摸着透明的玻璃窗，听到佐代子细碎的脚步声在身后响起。她回过头，看到佐代子像糯米纸一样低垂的眼睑。她们在树叶前相对无言了片刻，魔力消失，萝丝清了清喉咙。

"我想出去转转。"她说。

过了片刻，她又补充道：

"散散步。"

萝丝穿过房间，到最后一刻，她又折了回来。

"火山冰夫人？"她问道。

佐代子看了萝丝一眼，然后打了一个等待的手势，迅速离开，回来的时候，手里拿着一个长方形白纸盒。萝丝小心翼翼地接了过去，掉转了方向。

"不愧是你父亲的女儿。"佐代子说。

在发黄的照片上，一个十多岁的小男孩身体微微侧着，直视镜头。在他身后，积雪覆盖的岩石中间，流过一道白花花的湍流；更远处，是山松，冰冻的石头，黑黢黢的灌木丛。

"一模一样，"佐代子说，"冰与火。"

萝丝克制着想要跪下、低头、任由世界摁住脖颈的欲望。她窥视着男孩的双眼。在身后的积雪和白色湍流的衬托下，他热烈的目光几乎成为一口深不见底的井。她把照片还给佐代子，转身逃走了。在花园里，她停住脚步。我像他。她走过竹门，绕到屋子后头，来到河边的沙石路上。我一头红发，但依然像他。她走着，沉浸在黑色瞳仁和流水所带来的冲击力中。水与岸、水与天的分界线，二者都模糊不清，呈现出一片没有风也没有暑热、没有冰冻也没有鸟鸣的处女地，有什么东西消散于虚空的土地。一个骑着自行车的人从她身边掠过，她吓了一跳，握紧了拳头，意识回到了尘世中。天气晴好，一只大苍鹭在灯芯草环绕的河湾里打盹，不时有散步的人经过。不久，河岸开阔起来，沙石路变成了沙滩，野草在微风中摇曳着，像羽毛一般优雅。有什么东西彻底转变了。她心想：有谁是通过父亲儿时的照片来了解父亲的？她惊讶、不安，同时又愤怒难耐，感觉自己是在行善。

面前有一座大桥，桥上熙来攘往。她沿着一个石坡爬上去，融入了人群中，然后像小树枝一样被人流带向西边。这条路通往一条有屋顶的长廊，两旁开满了店铺、餐馆、按摩店。她走了许久，已经离家很远，没有钱也没有电话。她向右转，没多远便进了一家文具店。店里飘浮着水墨和焚香的气息，她走近靠隔断悬挂的空白卷轴，明白了它们是用来装裱写在珍贵的白色方形纸板上的书法作品的，下面就有卖的，四角用棉线仔细地做成了挂钩。每天一个水墨之梦。旁边也有香、香架、毛笔、宣纸售卖，还有刻着花朵和叶子纹理的盒子。她原本希望这个世界只属于她，好让她在焚香、在花瓣和云的幻梦中消散。当手指拂过一支深红色笔杆的毛笔时，她感到有人来了，回过头，看到了在银阁寺遇见的英国女人。

"京都真是不大，人们总会遇见。"英国女人说。

然后朝萝丝伸出手：

"我叫贝思。您待得愉快吗？"

她穿着一条白色的真丝连衣裙，肩上搭着一件优雅的长外套。

"太棒了，"萝丝回答，"我玩得像疯子一样。"

"我看出来了。"贝思说，但并不确定对方是不是在讲反话。

"您住在这儿吗？"萝丝问道。

"差不多吧，"贝思回答，"您呢，您为什么来日本？"

萝丝犹豫了一下，然后，就仿佛纵身跳下悬崖，她惊愕地听到自己说：

"我来听父亲的遗嘱。"

一阵沉默。

"您父亲是日本人？"贝思问道。

萝丝点点头。

"您是春的女儿？"英国女人再次问道。

又是一阵沉默。

"我是春的女儿吗?"萝丝问自己,"我是来自冰山的小男孩的女儿。"

"您认识他?"

"是的,"贝思回答,"我和他非常熟悉。"

她向萝丝背后瞟了一眼。

"有人跟着您。"她说。

萝丝看到关东正站在香案前。

"拿着,"贝思说着,递给萝丝一张卡片,"有时间的时候给我打电话。"

贝思冲司机做了一个愉快的手势,然后离开了店铺。萝丝走到关东身边。

"我们回家吗?"她问道。

他似乎松了口气,鞠了鞠躬,示意她跟上来。他们走进长廊,右拐,很快就来到户外,他在大路边叫住一辆出租车。司机戴着白手套、大檐帽,座椅上铺着白色的花边,这一切让她感觉好笑。她感觉自己有些刻薄——是的,刻薄,如果这个词有什么意义的话,我想咬人,我愿只为咬人而活着。在屋前的小花园里,淡紫色的杜鹃花正在枯萎,依然不失精致,花瓣卷出美丽的褶皱,枝条上挂满了垂危的星星。她走过前厅,手指轻抚着一朵牡丹。在枫树厅里,她看到保罗坐在地板上,交叉着双腿，背靠着玻璃墙，正读着什么。他朝她抬起了头。

"我准备好迎接下一次云霄飞车了。"她说。

"这挖苦的样子很适合你。"他回答。

她被噎了一下，于是闭上了嘴。

"你小时候很调皮，"他抬起头，补充说，"从照片里看得出来。"

她讨厌他刚刚说的那句话。她指了指书，想要岔开话题。

"在读什么？"她问道。

"诗歌。"

封面上的文字有点像风中的芦苇，在一个完美的圆形的缺口处，鸟儿和白云悠然飘过。

"谁写的？"

"小林一茶。"他回答。

"哦，"她说，"地狱，繁花。"

"地狱的屋顶。"他说。

在萝丝看来，他们似乎又经过了昨夜的烧鸟店，然后，到了银阁附近，他们转进了和司机吃午餐的那条街。事实上，餐馆几乎就在那家小饭馆对面，而她再次来到一个失落的国度，走进林木的幻想、逝去的生活的梦。右边是一处地面提高的空间，用纸屏风隔断，上面摆着许多榻榻米和矮桌招待来宾。左边是柜台，后面是操作间，架子上摆满了精美的餐具，几乎摇摇欲坠。入目皆是棕色、灰色、赭石色和暖色，磨砂墙上挂着书法作品和卷轴，到处都是褶皱精美的纸灯笼，在这种业已消失的生活方式中，她感觉自己几乎要迷失了。他们在吧台坐了下来。头顶上方挂着一只篮子，水鸢尾从篮子里探出头来，像鬼火一样迸出光芒。

"日本鸢尾，"她看着花儿说道，然后又说，"这里很美。"

"啤酒？"他问道。

"还有清酒。"

啤酒端来了，冰爽、清凉。一名厨师出现在柜台后面，在一个细长的盘子上堆起一座座不知名的蔬菜山，有金色的长条，有像洋葱一样的球茎，所有都堆成了一模一样的小山。

"白萝卜、洋葱、番薯、姜、本地豆苗。"保罗介绍道。此时，厨师把他的雕塑摆在他们面前，一名女服务员端来冒着热气的汤碗，每人一盘白色粗面条，一个盛着烤芝麻的小碗和一只木勺。

保罗指了指自己的碗。

"先在里面放三勺芝麻、几样蔬菜、一些乌冬面，吃完以后再接着放。"

清酒也来了，冰爽美味。萝丝把芝麻放进汤里，感受着它们的轻轻颤动，也来了兴致。她小心地加了一些姜丝、萝卜和各种豆苗，试着把面倒进去，然后笨手笨脚地从木柜台上捡起来，最后只好用手去抓，持续奋战了一会儿，最后还是叹了口气，停了下来。

"这是为了让顾客什么都没吃到就精疲力竭吗？"她问道。

她看了看四周，顾客们都把头探到碗里，很大声地把面吸进嘴里。她有样学样，用筷子夹起一根，但面条像一根针一样滑走了，掉进碗里，还溅到了衣服上。

"我可算明白了，"她说，"这纯粹是戏弄新手。"

他笑了。她用剩下的面条继续搞怪，让它们从一个碗里滑到另一个碗里，像拿钳子一样夹着筷子。

"我在城里遇见了在银阁寺碰到的英国女人。"她说，"她认识春。"

他饶有兴趣地抬了抬眉毛。

"有些年纪，非常优雅？"

"是的，说一口流利的法语。"

"贝思·斯科特，"他说，"一个老朋友。她在葬礼上知道了你的存在，和半个城的人一样。"

她放下筷子。

"之前没有人知道？"

"几乎没有人。"

"知道的有谁？"

"佐代子和我。"

"还有谁？"

"没有别人了。"

"就连你太太也不知道？"

"我太太已经过世了。"他说。

一阵沉默。她想说我很抱歉，但没有说出口。

"她是日本人吗？"她问道。

"她是比利时人，和我一样。"

他放下筷子，喝了一大口啤酒。

"她是什么时候去世的？"萝丝问道。

"八年前。"

她心想：他女儿没有妈妈了。在寂静中不时传来喝啤酒的声音，在某个稀薄空旷、如天空般肉眼无法穷尽的地方，有什么东西变换了位置。她意识到即将迎来一场倾盆大雨，她闻到风中带来一股贪婪的泥土气息、青草的气息。然后，气息改变了，灌木和苔藓的芬芳飘来。她开始大声抽泣，呜咽声像晶莹的珍珠一样滚落。她感觉到它们逐渐成形、流泻，披着光泽在世上消散。她痛恨自己。她垂下头，继续抽泣。鼻涕也流了出来。保罗递给她一块手绢。她接过去，哭得更加伤心了。他什么也没有说，只是平静地喝完了他的啤酒。她很感激他，眼泪哭干了，她终于控制住了自己。

"我带你去喝一杯。"他边说边站起身。

车里的昏暗让萝丝感觉好受了一些。眼泪和清酒为城市蒙上了一层纹理，就仿佛水银镜上的锈迹。

"最困难的是什么？"她问道。

他没有回答，她想，自己过于冒昧了。

"抱歉，"她说，"这太冒昧了。"

他摇头否认。

"我在想该怎么说才好。"

他的声音很遥远，几乎听不清。

"首先，是缺席，"他又说道，"然后，是责任，克拉拉不在也要努力幸福的艰难。"

"责任？"萝丝重复道，"对女儿？"

"不，"他说，"对我自己。"

她被搞糊涂了，因此没有说话。

"我们感觉自己和别人讲的再也不是同一种语言，"他接着说道，"于是我们明白，这就是爱的语言。"

"我从来没有讲过这种语言。"她说。

"你为什么会这么认为？"

"我不认为在没有获得的时候，就有给予的能力，我也不相信你所谓'奉献使人永生'的废话。不然，一旦人死去，奉献还有什么意义？"

"你开始理解他的奉献的实质了。"他回答。

"这一切都是无用的。"她宣称。

汽车停在市中心的一条小巷里。这是一栋灰色水泥小楼，他们从外面的楼梯上去，走到顶楼，进入一个有大大落地窗的大厅，向外可以看到东山。一个和房间等长的吧台，但磨砂墙和浅色的橡木装饰在群山面前黯然失色。窗外是神秘的夜色，是山脊晦暗不明的诗歌。一个人都没有。当他们落座时，一个年轻的日本女子从右侧的暗门里走出来。

"清酒？"保罗问萝丝。

她点头同意。

"我想大喝一场。"她说。

"你不是一个人。"

这种意想不到的默契让她心生感激，她放松下来。在默默地喝过几轮清酒之后，他又叫了一瓶，她有了说话的欲望。

"你女儿在哪儿？"

"在日本海的佐渡岛，和一个好朋友在一起。"他回答，"她们整天闲逛，今天她跟我说，她把便当忘在自行车的车筐里，被一只乌鸦吃了。更让她生气的是，竟然没有人为乌鸦准备便当。"

他声音里的温柔、那些画面和乌鸦的故事都令萝丝痛苦不堪。

"你为什么要学日语？"

"因为克拉拉在学。"

她感觉自己突然清醒了，想要说点什么，重新回到微醺的状态。门开了，有人大喊大叫着走了进来。保罗转过身去，笑了。一个年老的日本男人，像乌龟一样满脸皱纹，已经醉得不成样子了。他戴着一顶人字纹粗花呢博尔萨利诺礼帽，顶部微微凹陷。衬衫下摆从裤子里跑了出来，亚麻外套也皱巴巴的。一看到他们，男人就开心地把双臂举得高高的，一下倒在了地板上。保罗赶忙把他扶起来，他嘴里还开心地说个不停，并且很快就朝吧台走过来。

"柴田圭佑，画家、诗人、书法家和陶艺师。"保罗告诉萝丝。

"也是酒鬼。"她心想。柴田圭佑弯下腰，从鼻子下方看着她，把清酒的气息吹到了她脸上。保罗轻轻地把他拉开，让他坐在板凳上。

"他只说日语。"保罗说。

"感谢上帝。"萝丝说。

圭佑一直在打嗝。

"翻译应该也不会太难。"她指出。

"可是，"保罗说，"他是一个不可救药的话痨。"

的确，日本人开始像鹅一样说个不停，一会儿对着保罗，一会儿又对着大厅里某个看不见的人。萝丝喝干了几杯酒。那人在喝清酒时，依然在喋喋不休。保罗简短地回应着他，有时候只是笑笑。最后，谈话终于慢了下来，酒鬼把两只手平放在吧台上，旁若无人地轻轻吹起口哨。

"他有不喝酒的时候吗？"萝丝问道。

"有时候。"

"他遇到过什么事？"

"他1945年在广岛出生。全家人都被原子弹炸死了。1975年，他在地震里失去了妻子和女儿。1985年，他的长子在一次潜水事故中丧生。2011年3月11日，他的小儿子，一位生物学家，正在离仙台二十公里远的宫城县出差，他当时就在海滨，没来得及跑到高处。"

她用指甲抠着吧台上并不存在的污渍。有什么东西，在某个地方，威胁着她。她又喝起了清酒。

"信幸的骨灰下葬那天，天下着雨，圭佑倒在了墓前的泥泞里。春扶着他站了起来，紧紧地抱着他，一直到葬礼结束。有人拿来雨伞，但被他打发走了。他们就这样一动不动地待在雨里，慢慢地，我们也一个接着一个合上了雨伞。我还记得当时雨水猛烈地打在身上，非常沉重，后来就忘记了。我们都走进了一个幽灵的世界。我们都没有了血肉。"

他停下不说了，萝丝突然感觉脚底发凉。她拼命抓住黑色的天空和仁慈的群山。可威胁依然不肯离去。她瞥见了幢幢人影、倾盆大雨、地上泛起泡沫。"不，"她用力地想着——大雨依然在下。

她跪下来，群山、人影都不见了，而在这个没有肉体的荒凉的世界里，在这个所有雨伞都闭合的深渊里，她沉没在泥泞中。此时，所有墓地都再次出现，她从一座徘徊到另一座，注定要跌倒，摔进泥潭，接受大洪水的洗礼。

"看着春和圭佑，我明白，自己不久也会回到同一个墓地，我想，我们所有人都是地狱火炉的俘虏。"保罗说。

在他旁边，日本人打了个嗝。

"外婆下葬那天，也下着雨，"她说，"我不记得有没有泥泞，但对雨的印象非常深刻。所有人都说我糊涂了，但我记得很清楚，那天的雨是黑色的。"

她顿了顿，努力集中精神，终究还是放弃了语言的连贯。

"后来我读到，原子弹爆炸以后，在广岛和长崎上空下起了黑色的雨。"

她又一次试图理清思路，但失败了。

"外婆喜欢鸢尾花。她喜欢看雨在花园里飘洒。"她说着，同时心里想到：我完全醉了。

突然，她的脑海中闪现出宝萝的笑脸。她听到宝萝对她说"该给鸢尾分枝了"，她看到宝萝穿着一条白色的连衣裙，优雅地俯身看着花儿，周身充满了静谧和爱意。

一旁的圭佑活跃起来。

"他问你是谁。"保罗说。

"我是谁？"萝丝问道。

他们用日语进行了简短的交流，圭佑不怀好意地拍了拍保罗的肩膀。

"他说，您看起来比您父亲更没有生机。"保罗翻译道。

"真不错。"她嘟哝了一句。

"冷冰冰的，完全冻住了。"保罗解释道。

那个人感觉好玩地看着她，嘀嘀咕咕地说着。

"他认为这是很好的业，需要死一次才能真正诞生。"

"他的这些话是从幸运饼干里读来的？"她问道。

保罗翻译着，那个人拍着他的手。

"他说，你不知道自己是谁。"

日本人猛地拍了一下桌子，喊道："哈！"

"他说，这很正常，因为您还没有诞生。"

"那么，在这位醉神看来，我什么时候会诞生？"她问道。

"我不是佛陀，你要自己去寻找。"保罗翻译道。此时，那个人倒在吧台上，发出很大的声音，他把头埋在胳膊里，打起了呼噜。

她转过头，看着落地窗。在繁星点点的夜色里，一切庞然大物都被墨色覆盖，东山的山峰在彼此说着一种熟悉的语言。在萝丝身上，有个源头在轻轻战栗，但她知道，她之所以能听到、感知到，是因为她醉了，诗歌和清澈的流水明天就会消失不见。

"你喜欢这里什么？"她问道。

片刻的沉默，然后保罗说：

"诗和有远见的酒鬼。"

"生活有这些就足够了吗？"

他没有回答，而是站起身来，她想象着他会说：只有爱，然后，便是死亡——但是他克制住了，因为她已经死了。后来，她在深夜里醒来。天气很热。透过窗户，在一动不动的树枝间，她看到了硕大的金灿灿的月亮。她记起了自己的梦。一只狐狸正坐在野鸢尾花田里，看着她。

5

THE FIVE

在武士时代，有一名隐士住在日本海的佐渡岛上，他从早到晚都在凝视地平线。他发誓要把一生都献给这种沉思，全神贯注于其中，以体会成为海天之间那一线的陶醉。可是，由于他总是坐在一棵松树后面，视线受到了阻挡，有人问他原因时，他回答："因为我最害怕的，莫过于成功。"

在松树
后面

清晨，天又下起了雨。东山上笼罩着一层薄雾，天空苍白着脸，因为暴雨，河里发出震耳欲聋的响声。在苍白的清晨里，在鬼影幢幢的不可思议的灰色布景里，水天一色，为同一个目的而殚精竭虑。这空洞的景象令萝丝饱受煎熬，却无力摆脱；在地狱的高炉里，一些人合上了雨伞；在这个生命的盲点，她像死神一样，在空旷贫瘠的大地上游荡。人们从来都不会离开这样的前线，她心想，人们不能攻击没有实体的东西。昨天的石竹被撤去了，换上了一束鸢尾花，插在一个蛋壳白瓷瓶里。花把她从雨的思绪中拉回现实，她洗澡穿衣，去了枫树厅。恍惚中，她似乎看到枫树的树枝划出了一个十字架，她看到，在黑色的天空中，清晰地显示着她痛恨记起的时间和地点的十字架。

然后，幻觉消失了，枫树闪着亮光。她再也辨认
不出刚才的十字架，晶莹的水珠掠过，驻留片刻，
透明而摇摇欲坠，这让她非常喜欢。片刻过后，
她惊讶地发现这里只有她一个人，突然想起父亲
在墓地的画面，于是跑到了户外。湿气像紧身和
服一样，紧紧地裹住了她。

　　她回到室内，看到佐代子穿着连衣裙，拿着
雨伞，头发披散着，手臂上挎着包。

　　"早餐马上就好。"佐代子说。

　　她迅速走开了。不一会儿，电话响了，又过
了一会儿，她端着平日的托盘回来了。

　　"保罗桑在寺院等您。"她说，"今天事情很多。
萝丝桑吃完以后，关东桑开车送您。"

　　简直就是军营，萝丝好心情地想着。今天的
鱼吃起来很困难，茶进一步加剧了她的感受。她
站起身来，走到佐代子离开的那道门，打开来。

　　"我能喝点咖啡吗？"她问道。

　　在这个做了磨砂墙的房间里，从天花板上垂
下一条穿在竹竿里的链子，把铸铁茶壶挂起来，
悬在炉灶上方。炉灶是一个简简单单的方孔，煤
炭燃烧产生的热气从那里升上来。所有这一切都

嵌在一块抬高的区域中央。四周，靠墙摆放着一些摆满餐具的架子。稍远处，窗下是洗碗槽，再然后是煤气灶，软石面的操作台，浅色木头打造的壁橱。最后，墙上挂着一幅巨大的中国书法作品，像彗星的尾巴一样占满了整个空间。茶壶响了，整个房间都在诉说着逃离，诉说着一个令萝丝迷失的熟悉的他方；佐代子穿着米色棉布连衣裙，头发用发圈扎着，看起来更加年轻、脆弱。萝丝想，她有什么样的故事，她结婚了吗？她从什么时候开始为父亲工作的？

"我来煮咖啡。"日本女人说道。

萝丝做了一个表示感谢的手势，想要把门关上。

"季风来了，"佐代子补充道，"待会儿我给您一把雨伞。"

哪里都有季风，萝丝想。

然后，在一阵冲动之下，她说：

"您待人很周到。"

佐代子笑了。在她明亮光滑的脸上，有一朵花在长大。萝丝感到恐怖，溃败而逃。"我疯了。"她告诉自己，但她依然无法摆脱鲜花绽放的幻觉。她把额头贴在冰凉的玻璃窗上；雨还在下着，枫

树上的雨滴落在青苔上；佐代子的笑让她偏航，
去到了别处，那里有个声音在对她喃喃低语：这
里是你的家。

　　她没有再碰剩下的早餐，回避着佐代子的目
光，只喝了咖啡。在花园门口，日本女人给她拿
来一把透明的雨伞。萝丝打开伞，很高兴能够透
过雨滴看世界。她上了车，感觉走了很久，先是
往西，然后又向北，最后来到一个宽阔的停车场。
停车场后面是一道围墙，上面有一扇大木门。"保
罗桑很快就来，"司机说，"萝丝桑是在外面等
还是去里面等？""外面吧。"她说。雨滴落在
雨伞上的声音让她感觉很惬意，有那么一瞬，她
梦想着生活在一滴饱满封闭的雨滴里，没有过往，
没有希冀和欲望。她走到大门边，在门的另一侧，
有一条石板路在寺院的院墙里蜿蜒前行，她走了
回来。几分钟后，一辆出租车在她身边停下来，
保罗下了车，手里也拿着一把透明雨伞。

　　"抱歉，"他说，"今天早上有一笔重要的
交易。"

　　他撑开伞，上面粘着一片落叶。

　　"你在周围看过了吗？"

"没有，"她说，"这是哪儿？"

"大德寺，"他回答，"这里有一系列禅宗寺庙。"

"重要的交易，是指什么？"她问道，此时，他们走在石板路上，正要向右转，"一大笔钱吗？"

"一名老顾客。"他说。

"卖了什么？"

"一扇屏风。日本还在世的一位伟大艺术家创作的大屏风。"

"值多少钱？"

"两千万日元。"

"我看，你对金钱并不太在意。"

"确切地说，这和你更有关系。"他说。

她在石板路中间停下来。

"我不想要钱。"

现在轮到他停下来。

"你丝毫不清楚自己想要什么。"

从他的声音里，她没有分辨出任何评判和指责的意味。她想说点什么，但只是挥了挥手：好了。他们继续往前走去。

"腿是怎么瘸的？"她问道。

"登山事故。"

雨停了。她意识到四周一片寂静——一种横向的、纯粹的、无法理解的寂静——这没有道理啊，她心想。然而，这寂静笼罩在小径上，在石头和空气之间形成了一道看不见的波浪，她每一次抬腿都要将之劈开。在小径的两侧，有墙壁、灰色的屋顶，以及从大木门外就可以看到的庭院。她努力让自己记住，她只是一个受到逝者的意愿驱使的牵线木偶，但此地的寂静向她涌来，令她在前所未有的思绪中迷失了方向。他们在一座寺庙前停了下来。右侧的木告示牌上写着"高桐院"。前面是一条短短的石板路，两侧架着竹栏杆，红墙边生长着松树；在左侧尽头处，是一道高大的弧形门廊，上面铺着灰瓦；这道显而易见的门厅令人生出一种边界的感觉，散发着另外一个世界的芬芳。

萝丝走进这条路。

松树的音乐像礼拜仪式一样包裹着她，把她淹没在鳞爪伸展的枝叶间、扭曲的柔软松针里；一种赞美诗的氛围飘散开来，世界变得越发敏锐，她失去了对时间的概念。雨又下了起来，细密，连绵不绝，她撑开透明雨伞——在视线所及的边缘，她瞥见什么东西在躁动。他们走过大门，前面又是一个向右的拐角，然后，又是一条小径，狭长。两旁种着一丛丛山茶花，鲜亮的青苔地上架着竹栏杆，在后面，青苔地的边缘，是高大的灰竹，俯瞰着枫树形成的拱门。小径的尽头是一道大门，屋顶上铺着茅草和苔藓，一些鸢尾花从苔藓里生出来，叶子正在枯萎。事实上，这不仅仅是一条小径，更是一场旅行，萝丝心想，一条通往尽头或起点的路。他们来到巷子里，然后，像第一天那样，她体验到一种古老的苦难，其中沐浴着从虚无挣脱后的喜悦的光芒。他们又转了两个弯，来到寺庙的入口。越过重重走廊，来到了俯瞰一大片苔藓的回廊，萝丝有一种回家的感觉。这里依然有竹子、枫树、石灯笼，尤其瞩目的是一种自由，一种灵活的布局，在这里，茅草和树木似乎在风中嬉戏。她轻松地呼吸着，被一种可能的感觉抓住，把她带往一条微妙的逃跑路线——更加自由、不完美、充满生机。有人给他们端来一碗泛着泡沫的绿色的茶，她看了看，有些迟疑。

"抹茶。"保罗看着她说。

然后，看到她在犹豫：

"来呀，人生就是要尝试。"

　　她不情愿地把碗送到嘴边。是绿色植物的味道，树叶和青草、浮萍和水芹的味道扑鼻而来，她辨认出这片生长着稻米和群山的土地，她被带来这里——在这片土地上，每一样事物，人们都去除了甜味和咸味，只为保留一种没有锋芒的味道，一种虚无的味道，一种在人类出现之前的森林里苍白光滑的味道。"什么味道都没有，什么味道都有，"她心想，"这个国家要了我的命。"

　　"这个国家要了我的命。"她说。

　　他笑了，她不知道那是表示赞同还是嘲讽。她试图描绘她的感觉。

　　"有童年的味道。"她补充道。

　　"你不喜欢？"他问道。

　　"我看不出童年有什么好的。"

　　"但没有人能把童年从自己身上撕下来。"

　　"这是你的看法，所以就只能承受吗？"她说。

　　"这不是要逆来顺受。我只是想要理解，什么是失败，什么是智慧。"

　　"失败？"她问道，"在这种情况下，胜利又是什么？"

　　他环顾四周。

　　"生活就是转变。这些庭院把忧伤转变成了

喜悦，把痛苦转变成了欢乐。你在这里看到的，
是地狱变成了美。"

"没有人会住在禅寺里。"她反驳道。

他们通过奇迹小径离开了寺庙，回到了种着
松树的前厅。她想起银阁寺用锋利的刀锋精确修剪
的庭院；想到刚刚参观过的高桐院的庭院，柔软、
无忧无虑——然后她记起在银阁寺行走的时候，
也仿佛在童年的国度，于是明白，每人身上都有
一部分纯真和利刃，人们一直走在地狱的屋顶上，
观赏着大树，在幸福的天真和欲望的残忍之间保
持平衡，这就是生活本来的样子。她驻足片刻，
看了一会儿松树。天下起了大雨，他们打开了雨伞。

后来，司机让他们在她昨夜走过的那座桥的
桥头下了车。雨停了，保罗有那么一刻望着北山
的方向。灰色的天空衬托着这一片深蓝，山上云
雾弥漫，向着看不见的穹顶升腾。在他们身后，
人潮涌动——年轻的上班族、游客、为生计忙碌
的普通男女，在萝丝看来，他们的生活无法理解，
又很残忍。一名舞姬走了过去，目光严肃、神色
庄重。

"三条大桥总是令我心碎。"保罗的目光追随着舞姬。

萝丝看着舞姬白色的脖颈，想象着那种充满秘密和深夜泪水的生活。

"这句话不是我说的，是圭佑说的。"他又说道。

三条大桥总是令我心碎
像那柔嫩的米粒，变成了
舞姬颈后的面粉

她跟着保罗走进了她走过的那条商业长廊，但这一次，他们向左转，来到一家搭着金色木制吧台的餐馆。保罗向服务员打了招呼，一直来到后厅，里面只有一张大桌子。灯光像丝绸一样包裹着他们，萝丝看着它，感觉到了目光和肌肤的触摸。午餐搭配了一系列精致奇特的菜肴，他们一声不响。结束的时候，保罗叫了咖啡，她有了说话的欲望。

"早上的茶几乎没有味道，但又好像什么味道都有。"她说道。

"这对日本是一个很好的定义。"他说。

她继续说着。

"外婆说，什么都能把我母亲压垮，她把生活看作一整块花岗岩，一大块压倒性的东西。"

"在城西的皇家领地，有一座别墅，叫作桂离宫。"

他停下不说了。

"然后呢？"她说。

他没有回答。他在思考。

"在入口处，庭院和池塘的景色被一棵松树遮住了，人们没办法一眼纵览全局。"他又说道，"或许，人生就是一幅我们站在树后面观赏的图画。它对我们毫无保留，但我们只能通过一系列连续不断的图景才能窥见。消沉令人盲目，对这些图景视而不见。生命中的一切都能把你压倒。"

她驱逐着脑海里丛生的各种图像，专注于高桐院的树木，专注于青苔和树叶营造的氛围——有灯笼立于其中，迷失在枝叶间，专注于它们的书法和沉默的文字。它们都是大地的囚徒，她心想，然而，它们也是生命的各种可能，经过修剪，诉说着扎根与飞翔、重与轻，即便身处牢笼也没有失去行动的能力。然后，她的坏情绪又占了上风。

"生活最终总会把我们压垮。"她说，"既

然身处牢笼，尝试还有什么用呢？"

"试试又能有什么损失？"他问道，"活着本身，就已经在冒各种风险。"

她又一次独自待在父亲的房子里，无所事事地在她的房间和枫树厅里游荡。走廊上的那些门向她发出召唤，当她试图伸手打开其中一扇门时，一种亵渎的感觉攫住了她。她想起了舞姬严肃的目光，在玻璃牢笼里的枫树前坐了下来。思绪在飘散，时间似乎在冰冷中凝滞了。我怕，她突然对自己说，一个形象从虚无中浮现出来。什么时候的事儿？她寻思着，眼前浮现出新鲜的花蕾，摆在一幅毛边植物图志旁边。山楂的花瓣微微颤抖着，她看到自己写了几条笔记；背景隐去了；在她身上的某个地方，有花儿在颤动。我在学习，我学会了这个行业。她试着回忆起那个时刻，然而，这个尝试实属徒劳，她深受触动，进而所有尝试都成为徒劳。于是，图像换成了另一幅，在支离破碎的回忆后面，她又看到了母亲的笑脸。回忆颤抖着，但似乎比以往更加逼真和真实，她对这种化身嗤之以鼻，喉咙里发出干巴巴的笑声。在后来的三十五年里，她笑过多少次？她想着，心中一片苦涩，回忆一下子全都回来了——宝萝的厨房，桌上的鲜花和卡片，莫德站在萝丝面前，光彩照人，没有丝毫阴霾，对她笑着，问道："这是山楂花吗？"那时我几岁？萝丝心想。二十岁？一百岁，也说不定。然后：哀悼中最困难的是什么？是我们失去的，还是未曾拥有的？猛然，她想到桂离宫的松树，它阻挡了人们窥见生活全貌的视线，她又想到：我不怕失败，我害怕的是成功。

6
THE SIX

京都有一座寺庙，不像这座城市的知名景观那么美丽，但那里有一座园子，里面种了两千棵梅树，深受人们的喜爱。在二月的最后几天里，几乎全城出动，去那里散步。即便如此，小林一茶这位伟大的诗人，只在树枝还光秃秃、没有长出花苞的时候前往，尽管不久后，那里就会香气四溢。等到花苞初现，世人前来观赏光秃秃的树枝上绽放的美丽花朵时，一茶便离开梅园。有时候，朋友们担忧这种癖好会让他错过一年中最美的花季，他笑了，说道："我在凋零中等候多时，如今，梅花就在我心中。"

梅花
在我心中

　　莫德，萝丝的母亲，在忧郁中长大，不管她后来的生活发生了多少变化，她都以一种令人敬佩的毅力坚守她的忧郁。时间用雨水冲刷了她的生活，带来了阳光，月华如水，而莫德依然待在黑暗里。此外，她就像躲在洞里的狐狸一样，住在她的忧伤里；每当她出来，走到森林里，那也只是为了原封不动地回到她的巢穴；不论她的母亲宝萝采取什么策略，最终都会在她这石头坚硬的峭壁上撞得粉碎。长此以往，宝萝心力交瘁、铩羽而归，只好放弃了。一年年过去了，莫德把自己淹没在灰色里，她工作、旅行、回家，她忧伤的城堡一成不变。因此，当她从京都回来，肚子里还怀着刚刚分手的男人的孩子，宝萝几乎要被压垮了。宝萝想要莫德保证，小宝宝以后会认识她的父亲，却看到女儿前所未有的狂怒。这是女儿第一次在她平静的忧郁海里受伤。

萝丝出生了，宝萝给她取了名字，因为她喜欢花，也希望外孙女能有花相伴❶。很快，莫德停止了工作，整天坐在客厅里，面对玻璃窗，却不看外面的丁香。时不时传来莫德的哭泣声，但和其他所有事情一样，她并没有哭得太认真——所以，宝萝带着萝丝去花园里，但并没有意识到自己真正需要保护这个孩子。在这十年里，有时候萝丝会屏住呼吸，想要寄希望于奇迹；事实上，萝丝是一个可爱的孩子，每天都会读书、探索、欢笑；直到十年后的一个傍晚，她母亲的眼泪再次令她陷入崩溃。于是，在变故发生前，宝萝按照莫德收到的一封信上的地址，给一位上野春先生寄去了萝丝最近的照片。在信的背后，宝萝只签了自己的名字，她始终不知道这封信寄到没有，也不知道他有没有不顾约定试着回信，并为此困扰了许久。

---

❶ "萝丝"原文为"rose"，在法文中意为"玫瑰"。

在给莫德的信里，上野春只写了寥寥数语：我尊重你的意愿，我不会设法去见女儿，别担心。一天，那时萝丝已经二十多岁了，宝萝意识到，萝丝已经读过这封信了。"什么时候的事儿？"宝萝问道，但她猜到了答案。"你保密了十年之久？"她又问道。萝丝点点头，在接下来的十年半里，她们再也没有谈起这个话题。直到那一年，在一个六月的傍晚，莫德在衣兜里装满了石子，走进了河里，她观赏着如镜的水面上树木的倒影，然后在完美的寂静中沉没在水里。

"这一切是为什么！"萝丝愤怒道。

"现在，你可以去见你的父亲了。"宝萝喃喃地说。

"以前还可以，"萝丝回答，"可信不是写给我的。"

然后，她们的生活再次被寂静笼罩。两年后，宝萝也离开了人世。就在那天晚上，萝丝和当时的情人在残忍的冷漠中做爱，她甚至没有察觉他离开了，没有听到他离开房间，也记不起第二天如何与他赤诚相对，而她的生活已经失去了生机。几个月过去了，她几乎都认不出自己了。从溃败中萌生了一种全新的平静，她不再渴求幸福；对幸福的欲望已经可以忽略不计，而且，许久以来，它已经在心灰意冷中退缩了。三年的时光在混沌中逝去了。然后，她乘上飞机，来到了京都。

她在愁苦和雨声中醒来。落雨的声音令世界变得淡薄、遥远。她去了枫树厅，发现那里沐浴着不寻常的亮光。一股喜悦从倾盆大雨之下闪亮的黑暗中迸射而出。

佐代子从厨房出来。

"保罗桑就来了。"她说，"萝丝桑要喝茶吗？"

"咖啡，谢谢。"萝丝回答。

萝丝很想叫住佐代子，问问她是谁，为什么说英语。日本女人察觉了萝丝的犹豫，停留了片刻，然后，由于萝丝什么都没有说，她便走开了。佐代子回来的时候，端着一个形状不规则的红色杯子，像虞美人一样的鲜艳。萝丝喝咖啡的时候，佐代子在一旁看着。

"萝丝桑很美。"她说。

萝丝很惊讶，放下了杯子。日本人总是觉得西方人好看，她心想。

"日本人总是觉得西方人好看。"她大声说

了出来。

佐代子笑了。

"并不总是。有些人太胖了。"

听到有人拉开了前厅的门。

"我还记得你母亲，"佐代子说，"她非常忧郁。"

直到保罗走进房间，佐代子悄悄走开了。

"这次我们去哪儿？"萝丝问。

"真如堂。"

"这可真让我吃惊：一座佛寺？"

"一座佛寺。"

坐在车里，她感觉自己的生活像灰色路面上的隔离线一样，飞逝而去。

"雨会下很久吗？"她问道。

"会下一段时间，但当酷暑来临时，你又会万分怀念梅雨时的清凉。"

"这里的气候不太好玩。"

"我们已经习惯了。"他说。

"日本，这个人们饱受痛苦却又对苦难不太在意的国家。"她猛然想起这句话。

他露出惊讶的神情。

"这是你的朋友贝思·斯科特在第一天告诉我的。"

"贝思对日本的看法非常浪漫,"保罗说,"她是会住在禅宗庭院里的那类人。"

汽车在一条石径上停了下来,石径通往一扇红色的大门,再往上,一直能通到寺里,直到深色的木塔下。雨停了,他们没有带伞,迎着湿润的泥土气息和不知名的花香下了车。萝丝在石径上停了下来,回过头,寻找着什么。一个人都没有。远处,寺院开阔的院墙里也空无一人,但那种感觉越发强烈。这里还有其他人。这些沉默的看不见的生灵,她对它们一无所知,但它们的存在为世界赋予全新的光彩,通过它们,她感觉自己摆脱了时间的厚重。她环顾四周,看着层层枫树、木塔,看着在这座孤零零的山丘上兀立的宽阔寺院,没有游客,没有来宾。为何他们会得到陪伴,为何这些生灵要围着他们,将他们带入秘密的藏身之处?与此同时,她又察觉到一丝顽皮;什么都没有意义,一切都充满了意义;这里有什么?她心想。

"这里有什么?"她大声问道。

"春每周都会来这里散步。"

"这里人很多。"她说，很清楚自己在信口胡说。

"这是神灵之地。"

突如其来的恼怒，让她自己都颇为惊讶。

"你总是这么刻板，这么爱说教，还没够吗？"她问道。

他第一次露出恼火的表情。

"你也没有给我发挥的余地。"他说。

"你不过是一个死人的奴才，所以才会这么乏味、拘谨。"她继续说道。

"我是我敬仰之人的遗嘱执行人，应他的要求，我带着他那讨厌的女儿从一座寺庙逛到另一座寺庙。这就是您想要的？陪你玩这套抑郁又狂躁的把戏？"

然后，他把她晾在那儿，从右边绕过寺庙，消失了。她呆立了片刻，因为自己的愚蠢，也因为对他造成了伤害而愤怒，同时，也因为他终于变得正常而松了一口气。我真他妈的英明，她大声说道，然后笑了起来。自我辩解让她感觉好受了些。此地神灵的顽皮让她着迷。你是谁？她再次大喊。神明？幽灵？她沿着保罗走过的路，来到寺庙后面，优雅至极的枫树形成一道拱门，然后，她顺着右边，沿着高大的院墙继续向前走去。
她远远地看到前方有一些坟墓——墓地，她心想，
这可不常见。她屏住呼吸，从坟墓、灯笼和优美
的竹林间走过。这里竖着一些没有面孔的石像，
还有长长的木杆，在风中猎猎作响；它们把坟墓
围起来，上面刻着密密麻麻的文字，而这些坟墓
也只是在简单的大理石底座上立起一道窄窄的石
碑；有些墓碑饱经风霜，上面长满了苔藓。在坟
墓的每一侧，都有同样大理石质地的细长花瓶，
里面插着时令鲜花。处处是青苔，反射着柔和的
蓝光；处处是灯笼的翅膀，为这里增添了狡黠的
氛围。在逝者的静寂中，生命舒展着，一同闪耀
着光彩。高大的常绿乔木在风中窸窣作响，另有
沙沙声自未名的魔法、林立的坟墓、寺庙、猎猎
作响的木杆和乌鸦的鸣叫声中传来。乌鸦在屋顶
上方盘旋，萝丝喜爱它们那不和谐的叫声——几
乎要破音了，她心想，然而，又多么令人心生宁静。
随后她又想：这是什么样的地方啊！她继续走着，
发现自己来到了山丘的高处。右边，下方的城市
一览无余。在通道尽头，是一条向下延伸的阶梯，
通往其他坟墓和其他寺庙。保罗坐在第一级台阶
上，俯瞰着京都，在等她。她走到他身边坐下。

"我很抱歉。"她说。

"你没有歉意，"他反驳道，"你是专业烦人精。"

他笑了。

"这样很好，总是要善解人意，我也累了。"

城市的另一侧笼罩在渐起的暮色中，西山远远地闪着微光。空蒙的、如电的光线从云层中流泻而出，寺庙的屋顶经过雨水的冲刷，此时反射着粼粼光芒。一日将尽，现代都市的丑陋不再令萝丝感到震惊。从这里看不到摩天大楼，钢筋水泥都化为一个忧伤的整体。保罗站起身来，她紧随其后，踏上了阶梯。风停了，天气温和湿润，她感觉自己走过一众神灵，走过没有了记忆的流逝的岁月。到了下面，他们向左转，走进一条短短的通道，来到一座庙宇的后门。在那里，保罗在一座坟墓前停下脚步。

"这里是黑谷，"他说，"克拉拉，圭佑的儿子信幸，还有春的骨灰都埋在这里。"

她仔细观察着父亲的坟墓。

"我要有什么感受？"她问道。

"我也不知道。"他回答。

她抬头看向台阶的高处。

"这里很特别，我也说不上为什么。"她说。

心里有个地方像蜻蜓一样振动着翅膀。那些难以磨灭的存在、南天竹、欢快的石头营造了独特的氛围，她感到一阵眩晕。静谧的暮色中突然起了一阵风，她吓了一跳，忍不住哆嗦了一下。墓地没有向她传递任何信息，但向她投来无形的鱼钩，虽然是悄无声息的，她依然在庸常的表面下窥见一丝波动——没什么大不了的，她心想，除非它能让我长出鱼鳃。她突然跪了下来，用手掌抚摸着坟墓前湿润的泥土。物质。我的父亲在此安息，她心想。她站起身来。万物一统，万物随形。她感觉自己被掏空了，精疲力竭。她看了看保罗。他在哭泣。

他们沿着一条寂静的小巷，启程返回，回到关东那里。路上突降大雨，关东站在车前，在一片漆黑中等着他们。泥土的气息令萝丝感到沉醉，天地变得开阔了，空气中飘荡着紫罗兰的馨香。保罗一直没有开口说话，但在他们之间萌生了一丝亲密——这比性要好得多，她心想。在车里，萝丝拉了拉他的手。他握住了她的手，但并没有抬头看她。

　　餐馆有点像酒吧，可以喝喝酒，吃吃炸串，有一刻，他们没有说话。餐馆的光线明明暗暗，给这里的物品和客人的面孔蒙上一层温暖的、有些许动人的光彩。在一个亮着光的壁龛里，一些闪亮的花苞在光秃秃的树枝上翩翩起舞。清酒延续了他们之间的亲密，萝丝感觉自己轻飘飘的，她有了醉意，但醉得不算厉害。

　　"没有花儿。"她指着壁龛里的花瓶说道。

　　"梅枝。"他说，"日本人最钟爱的花儿，甚至超过了樱花。"

　　"但是还没到季节。"

　　"或许是为了向一茶致敬。他只在花季来临前赏梅，有人问他原因的时候，他说：繁花就在我心中。"

　　她喝了一大口冰爽的、几乎泛白的清酒。

　　"今天的安排里没有墓地。"她说。

　　他放下酒杯，若有所思地看着她。

　　"这不是春要求的。"她又说道。

　　"我不常去黑谷，"片刻过后，他终于说道，"每次去那里的时候，我心里想的不是我的逝者，而是他们的葬礼。"

"我的逝者，"她重复着，"我拥有能称作'我的逝者'的人吗？"

"事实上，最难的不是在他们离世后还能幸福，"他继续说着，"最难的是改变，是变得不再是他们在世时的那个你。"

"你感觉背叛了你的妻子吗？"萝丝问道。

"我感觉背叛了我自己。"他回答。

他们离开餐馆时，天空短暂地放晴了。厚厚的云层中间露出一个巨大的月亮，略微泛着红光。

"这里离家不远，"他说，"你想走走吗？"

他把关东打发回去了，他们沿着被月光照亮的河岸走，拂着像芭蕾女伶一样摇曳的荒草。散步的人三三两两地过去了，脸上闪烁着皎洁的月光，天气有点冷，保罗把外套递给萝丝。他沉浸在自己的思绪里，她兴高采烈地迈着步子。墓地在向她诉说，父亲的坟墓向她发出召唤，她心中感受到了死亡的使命，却并不觉得沉重；然而，这项使命化为一个圆，一些活泼的神灵，一些模糊不清却又熟悉的影子自动融入其中；空旷寺院的记忆蒙上了一层银色，给那些无形的存在赋予真实的形状。魔王，她喃喃自语，哦，欢快的魔王，像以往一样向我走来——而她因为突然回忆起古老的传说而不禁笑了起来。他们回到了家，保罗在拉门前向她告别。她本想留住他，但他后退了一步，冲她笑了笑。月亮被云层遮住了，她看不清他的样子，只是听着他拉上了门，迈着平静的高高低低的步子走远了。

夜里，她梦到自己和父亲在梅园里散步，旁边是一座深色木头打造的寺院。在他们身后跟随着童年寓言故事里的魔王。有一朵异常美丽的梅花，花瓣散发着钻石的光泽，花蕊有着笔墨的线条。春向她伸出手，说道："你将要经受痛苦、奉献、未知、爱、失败和巨变。然而，正如梅花在我心中，我全部的人生也将走进你的心中。"

看着繁花

7

THE SEVEN

在中世纪晚期，日本幕府时期，有一年冬天异常寒冷，日本群岛上所有的河流都结冰了，动物再也不能在溪流里饮水。二月的一天清晨，一个小男孩走出家门，看到一只雪貂。"你渴了吗？"在他们温柔地对视了片刻之后，小男孩问道。雪貂垂下了头，男孩把它带到一束紫罗兰前，夜里它刺破冰层，冒了出来。在那里，男孩对它说："喝花儿吧。"于是雪貂贪婪地舔起淡紫色的细小花茎。时至今日，我们对那个男孩知道些什么呢？事实上，我们对他所知甚少——人们知道的是，他后来成了茶之路的创始人之一，有一天写了一首关于冰上紫罗兰的诗。

冰上
紫罗兰

萝丝醒来后，朝窗外望去。山坡上笼罩着浓重的雾气，它不断升腾着，飘向澄澈的天空。雨停了，河里散发着浓郁的泥土气息。保罗，她心想，然后她又想到：一切都离我远去。

在枫树厅里，佐代子为她端来早餐，今天，她穿着一件黑色的和服，上面点缀着串串紫藤。

"保罗桑今天在东京，"她说，"萝丝桑可以和关东桑去寺里。"

"东京？"她问道，"是早有计划吗？"

"非常重要的客户。"日本女人回答。

"他什么时候回来？"

"后天。"

就这样被丢在了路边，萝丝心想。窗外飞过

一只乌鸦，嘶哑的叫声令她越发恼火。她烦躁地站起来，回了房间，回来时手里拿着贝思·斯科特的名片。

"你能给她打个电话吗？"萝丝问道。

佐代子话音落下时清脆的尾音令萝丝越发沮丧，她生硬地接过电话听筒。

"您今天有时间吗？"萝丝询问英国女人。

"今天下午，"贝思回答，"我来告诉佐代子我们在哪儿见面。"

佐代子接过电话，仔细听着，然后挂断了，不易觉察地撇了撇嘴。她不喜欢贝思，萝丝心想，有一种恶趣味得到满足的快感。

"今天我不去寺院了。"萝丝说。

"不，你要去。"日本女人不动声色地回答。

萝丝想要回答"去死吧"，但还是放弃了，她出了门，穿过花园。杜鹃被大雨打得七零八落，看起来凄凄惨惨。她上了车，猛地甩上了车门。在前往东山的途中，她一直低头看着自己的双手。当关东停好车，告诉她"这里就是南禅寺"时，她下了车，又一次甩上了车门。她怒气冲冲地走了几步，差点被绊倒。关东还在身后说着："寺院在这边。"她回过头，看到他正指着一条林荫小径的尽头。

这是一个不同寻常的场所——处处是庙宇、树木、青苔、屋檐飞翘的门廊。她一口气走到一道巨大的门前，这道门有两层，中间是糊着白纸的夹层，屋顶上覆着灰瓦。眼前枫树枝叶横斜，远处，在一座寺庙前，巨大的香炉升起袅袅白烟。一阵风吹来，从某处看不见的竹林里传来咔咔的声响，空气中闻得到雨水的气息。她爬上台阶，来到大门下面，高大的柱子把门下的空间分成了两条长方形的通道。她走过大门，感觉自己越过了一道看不见的屏障，然后沿着小径，来到青铜承水盘前。焚香让这里的世界变得浓厚，她从重重香气中间走过，感觉自己被打上了烙印。她沿着主路，一直走到南禅寺的入口。关东在她身后出现，他付了门票，递给她一张纸，然后就离开了。这里的外墙白得惊人，走廊里黑漆漆的，也令她备感惊讶。昏暗过后，当她重新走进光明时，突然感觉有什么东西压得她喘不过气来。我平生第一次看到了。她席地而坐，一动不动地盯着长方形庭院里的沙子和植物。庭院四周皆是回廊和覆着灰瓦的墙壁。面前，在纵深方向，灰色的沙地上耙着或笔直或弯曲的平行纹路。远处，围墙边种着四棵树，树脚下的青苔、古石和杜鹃花丛如潮水一般簇拥着它们。这是她见过的最俭朴、最过时的庭院，仿佛自地质时代跋涉而来；然而，这里的一切都充满了活力——动中有静，她心想，清澈嘹亮，这是事物的绝对存在，是世界给人类的最后一课。要跋涉多少个世纪才能到达这样的当下？她抬起头，沙子、青苔、树木、墙壁、灰瓦在眼前轮番上演；那里，树木在山丘上拔地而起，像雕塑一般直指水墨色的天空；她看到建筑生机勃发，看到它在本质上的变换与完美——完美，她大声说道。她想到了保罗，于是心中一动。片刻过后，她回到走廊里，沿途发现了几个附属的庭院，然后又回到原地，再一次感受着心醉神迷。她怀着心碎的忧伤离开了。"我会回来的。"她再一次大声说道。

她在小停车场找到了关东；她此刻感觉神清气爽，活力满满。他关上车门，指着下面的小路，说道："现在去吃点东西。""吃什么？"她问道。"豆腐。"他回答。她跟在他身后，走过一座座小小的寺庙，每座寺庙前都有一个微型庭院，里面种着盆栽。稍远处，他们向左穿过一道门廊，进入一条小巷，巷子的一边种满枫树和青苔，另一边，透过模糊的落地窗，可以看出里面是一个榻榻米大厅。他们走了进去，脱了鞋子，在蒲团上坐了下来。桌子上放着一个暖炉。"这儿只有一种吃食。"司机说。她拣起一块刷了绿色酱汁的豆腐，满口充满了大豆和不知名的青草的气息，令她惊讶，她莫名笑起来；关东依然不动声色，有人给他们上了煎茶，而她更想喝一杯啤酒。"我们现在去见斯科特桑。"他说。她跟着上了车，盯着外面闪过的一条条街道，但并没有看进眼里。当司机打开车门的时候，她几乎要跳起来。"斯科特桑就在里面。"他指着一道挂着短帘的门面，说道。

南禅寺的余韵还未散尽，一层矿物的薄纱包裹着她，有些东西散去了，有些东西化为液体。她通过一扇玻璃门走进茶室，门前挂着四块棕色的布，上面写着文字。这是一栋古老的建筑，黑墙，屋顶和屋檐上覆着灰瓦；茶室里面，入目皆是木头，古老的架子上摆满了古老的茶坛，用橙色的粗绳封口，坠着长长的流苏；年轻的女性穿着浅色衬衫，系着绿色围裙，头上戴着该死的白色帽子，列队向她表示热烈欢迎。前方，从屋顶垂下一些字条，上面或许写的是待售的茶的品种。一个 L 形的柜台给整个空间划分了区域。在里面，挂着一张长幅的书法，那里的人们正忙着打包和称重。右边，在照亮的橱窗里，展示着一些器皿、茶罐和一个珍贵的小罐子，上面的数字称得上天价。有人用英语来招呼，萝丝吓了一跳。面前这个女人的口音让萝丝摸不着头脑，没明白她在说什么。

"这位顾客需要什么？"女子重复道。

"哦，"萝丝说，"请问茶室在哪里？"

女子笑了，为萝丝指着大厅深处，然后示意她向右转。贝思·斯科特正在那里等她，手里拿着一本书，背靠着墙。这里的桌子同样是深色的木头，整个茶室笼罩着一层古朴的光泽。浅色木头的屏风上刻着镂空的竖直线条，为整个空间增加了一丝现代的调调。奇怪的是，所有这些近来的元素——铸铁壶、柜台后摆放的竹制茶器，融合在一起，给人一种时间无限延长、热忱迷失的感觉。一边是和她的卧室一样的玻璃窗，可以看到外面的街景，另一边的落地窗外是一片微型景观，有枫树、蕨类植物和几丛杜鹃花。

贝思·斯科特抬起头，看到了萝丝。

"嗨，你好呀，很高兴再次见到你。"

等萝丝坐下来以后，贝思又说道：

"准备好迎接神秘的体验了吗？"

在柔和的光线中，贝思的脸孔看起来很温柔，几乎泛着丝绸的光泽。

"这是在哪儿？"萝丝问道。

"这是京都唯一能喝到 koicha 的茶室。"

她们审视着对方。

"你走了不少路。"英国女人说。

一名女服务员走了过来，贝思用日语点了单，萝丝听着，感觉奇妙。系绿色围裙的女子笑着把手放在唇边，然后用脚蹭着地板离开了。

"我是从南禅寺过来的。"萝丝说，"我父亲让我一座一座寺庙地逛，我想就是因为这个，走了不少路。"

"南禅寺不是寺院中最漂亮的，"贝思说，"但它总是让我产生想哭的冲动。"

"听说你喜欢在禅寺里生活。"萝丝说。

"是保罗告诉你的？"贝思笑着问道。

提起保罗，萝丝不禁脸红了。

"你是怎么认识我父亲的？"

"我是他的一个客户，但我们也是朋友。"

"你是做什么的？"

"什么都做。我是寡妇，我有钱，我喜欢京都，每年有九个月我都住在这里，其他就没什么值得说的了。"

要说的还有很多，萝丝心想。

"五年前，我母亲去世了，"萝丝说，"当时我就想，父亲该和我联系了。"

"五年前？"贝思重复道，"五年前，春突然病了，后来，这场病折磨了他许久，一直都没有痊愈。"

"在这儿人人都生病。"萝丝说。

"你是指克拉拉？"贝思问道。

服务员为她们拿来蛋糕。贝思的是一只绿色的长方形小蛋糕，萝丝的是一只圆形的白色小蛋糕，一同上来的，还有一根当叉子用的竹篾。萝丝的盘子里装饰着赭色和灰色的线条。

"吃吧，"贝思说，"胃里最好有点东西。"

萝丝笨手笨脚地拿起竹篾，蛋糕软绵绵的，让她恼火。里面是一团红色的膏体，入口甜甜的，非常美味，远非外面那层贫乏的甜味可比。

"她是什么样的人？"萝丝问道。

"克拉拉？有趣、务实、随和。保罗总是神神秘秘的，让人摸不透。她是保罗走进尘世生活的通道。他们在一起时总是笑个不停。她真的很爱他。"

萝丝放下竹篾。

"最近十年，保罗一直在照顾病人。他的生活中只有他们，只有他的女儿、他的工作。"

"克拉拉死后，他生活中没有其他女人吗？"

"有过女人，但我不会说，那是他生活中的女人。"

"在京都？"萝丝问道，但立刻后悔问这样的问题。

贝思·斯科特语调平平地回答：

"她们不重要。"

"可笑的只有我自己。"萝丝心里恼怒极了。

"克拉拉的葬礼是我参加过的最悲伤的葬礼，"贝思接着说道，"安娜只有两岁，保罗还能站在那里，是因为还有她。要是没有安娜，我想他应该活不下去。他陷入了地狱，我们就在他身边，备感悲痛，却无能为力。"

萝丝心里闪过一个直觉。

"他的腿是怎么瘸的？"她问道。

"这要由他来告诉你。"英国女人回答。

服务员用托盘端来两只碗，放在旁边的桌子上。她把第一只碗拿在手里转了一下，放在贝思面前。碗是漂亮的浅棕色，装饰着一只白色的兔子，非常可爱。萝丝喜欢极了，然而第二只碗却颠覆了她的期待——它的形状极不规则，浅色釉质上布满灰色的裂纹，破旧得令人抓狂，到了不得体的地步。

"这种冰裂的烧瓷技术起源于中国北宋时期，"贝思说，"是不是很了不起？从极简中，运用难以预料的技术，生出极其繁复的效果。"

碗底有一团深绿色的膏体，几乎有点荧光。萝丝把碗拿在手里，左右摇晃。膏体几乎纹丝不动。

"这是喝的？"她问道。

贝思点点头。萝丝闻了闻，在高桐院喝过的茶又回到了她的记忆里，那种一无所有的力量，那种完全的能量；她带着投身冷水的决绝喝了一口。苦涩的味道立刻蔓延开来，很快，嘴巴里便充斥着西洋菜、蔬菜、草场的味道——我喜欢吗？她问自己。味道很冲。喉咙里仿佛走过广阔的绿意。

"这是茶会里的第一道，浓缩抹茶，"贝思说，"等一会儿，我们再来第二道，口味会淡很多。

在碗里加点水，把碗边上剩余的抹茶混合一下。"

萝丝舔了舔剩余的茶糊。有什么东西把她带回了南禅寺，带回到厚重的时间里，带回到迷失的起点。服务员来收碗，萝丝不想再吃甜品了，嘴里的苦涩锋利异常，足以把她带往被遗忘的国度。

"昨晚，我梦到一座很大的寺庙，庙前有一片梅园。"她说。

"那可能是北野天满宫，"贝思说，"在今出川，往西。每年二月，所有人都去那儿赏花。"

她指了指萝丝的碗。

"在十六世纪末期，人们曾与茶道的三名创始人，包括千利休，在那儿为天皇举办过一场盛大的茶会。宾客多达数千人。"

萝丝突然想到了保罗。她甩甩头，试图分散注意力。

"你有孩子吗？"她问道。

贝思忽略了这个问题。

"你的存在震惊了许多人，"贝思说，"你设想一下，几乎半个京都都来参加了葬礼，保罗就在那里宣读了春的信。"

"信？"萝丝说。

一片寂静。

"我想，公证员会把它交给你。"最后，贝思说道。

"所有决定都在我不在的时候做好了。"萝丝嘟哝道。

贝思笑了。

"这就是人生。"

有人端来第二杯茶，和在高桐院喝的那杯味道相似，但口感更加细腻，萝丝在其中分辨出森林的气息、灌木丛的味道。

"你喜欢南禅寺的什么？"贝思问道。

萝丝努力组织语言。

"那里的通透，还有一成不变的、原始的流动性。"

贝思又笑了，一种欣赏的、有些惊讶的笑。

"你和保罗，你们很像。"她说。

"我没看出哪里相像。"萝丝说。

"心里有大海。你们都在海里游弋。"

萝丝若有所思地低下了头。

"春会喜欢。"贝思又说道。

萝丝没有碰甜品。

"你不吃完吗？"贝思问道。

萝丝摇摇头，贝思笑了。

"我该走了，"贝思说，"下次我带你去另一家茶室，我相信你会喜欢那里。"

她们在门外相互道别。回到春的家里以后，萝丝待在床垫上，感觉到难以承受的压力——或许也是因为沮丧？她暗自想着。前一天的鸢尾花已经换成一朵粉色的山茶花，它与南禅寺遥相呼应，再次令她心生悸动。一切都相守相依，而我不属于这一切。眼前再次浮现出亘古不变同时又变幻无常的山石、灰色沙地里的线条、青苔地上的树木；每一帧画面都令她想到保罗的缺席。不知为什么，她感觉自己正在大块的浮冰上、在液态的矿物中漂移。她就这样浮想联翩，待了一个小时，然后起身，来到走廊里。她呆立了片刻，一动不动，不知要去哪里。最后，她决定向左转，来到一排深木色的墙板旁边，随意拉开了一道门。这是一个清爽的房间，里面没有任何装饰。榻榻米垫子上散乱地摆着茶碗、一些陶器和漆器、一个小小的竹制茶筅。地上是一个火盆，上面挂着铸铁水壶；壁龛里挂着一幅卷轴，上面画着三枝紫罗兰，垂向冰冻的土地；下面的青铜花瓶里，插着一根竹签。落地窗外是一个内院，里面种满了杜鹃花，天色渐暗，湿漉漉的植物的枝叶焕发出珠光。房间里空荡荡的，寂静无声——然而萝丝感觉到一种存在，一个专注沉默的幽灵。她凑近一只棕色的碗，上面纹路扭曲。她试图想象父亲在这个房间，用这些器具，用这些不起眼却又妙极的碗喝茶。在茶筅旁边，有人把一块闪亮的手帕遗忘在了那里，手帕是漂亮的深紫色，慵懒地顺着褶皱落在那里；就仿佛它刚刚从一只无形的手中滑落，恍惚中，萝丝似乎看见一个微微驼背的身影正在缓慢地走动，动作灵巧有力。她又靠近壁龛里的卷轴。在花儿下面有一些毛笔字，似乎是一首诗。在右上方，有些文字变成了鸟儿，飞向了天空；冰冻的土地上升起一层薄雾；紫罗兰栩栩如生。外面传来一阵声响，把她从沉思中拉回现实。她走了出去，拉上房门，心中莫名充满了敬佩之情。

她来到枫树厅，看到佐代子正坐在矮桌旁，面前铺着一些纸，鼻子上架着眼镜。

"我想去'狐狸'吃晚餐。"她说。

"现在吗？"佐代子问道。

她点点头。日本女人拿出电话，跟某个人说

了几句，然后挂断了。

"关东桑十分钟以后就到。"

"谢谢你。"萝丝说。

然后，她心中涌起一股冲动：

"我要写一封信。"

佐代子起身，从一张小书桌里拿出一张纸和一个信封。萝丝在她身边坐下来，接过她递来的钢笔，陷入无尽的思绪里。然后，萝丝写道：我想听你讲讲我父亲。最后又屏住呼吸：我想你了。她迅速把信折叠好，封上信封，交给佐代子，说：寄给保罗。然后，在惶惑中，她逃到了花园里。

8

THE EIGHT

在中国北宋时期，诗书画齐头并进，像珍宝一样令先贤们魂牵梦萦，世人尤爱描绘山水，并写入诗词加以歌咏。当时最伟大的山水画家之一——范宽，有一个小孙女，每天都请求祖父为她画一枝山茶花。这一求就是十年。十五岁的时候，她在一天夜里突发疾病，离开了人世。第二天清晨，范宽画了一枝被泪水打湿的山茶花，并在下面题诗一首，歌咏凋零的花瓣。最后，当他端详尚未干透的画卷时，他惊异地发现，这竟是他最好的作品。

被泪水打湿的
山茶花

当他们到达时，萝丝看着"狐狸"门前点亮的红灯笼，一时忘了自己为什么要来这儿。关东在吧台落了座，萝丝在他对面的一张六人桌上坐了下来。烧鸟店里一个人都没有。厨师赶忙迎出来。"和上次一样，喝的只要啤酒。"她说。他回到炉子旁，没有流露出任何情绪。啤酒端来了，她一口气喝掉，开始环顾四周。她注意到新的细节。柜台上，在那些清酒瓶前，有一部老式拨号盘电话；一些金属广告牌，已经锈得一塌糊涂；几张漫画海报，已经破破烂烂。春到底是一个什么样的人，才会喜欢这样的地方？她寻思着。心里模模糊糊地泛起了一丝埋怨，于是她又点了一杯啤酒。她觉得孤独、盲目，她责备自己过于伤感，埋怨自己心怀希望——可是，她在对什么怀抱希望？她想着，又点了第三杯啤酒。关东转过身去，平静地和厨师聊着天，她从他的恭敬中觉察出一丝警惕，这让她心生恼火。死亡、流动的山石、她写给保罗的信，在这一刻都变得万分可笑。她心中怀着怨恨，吃着烤串。当她点第四杯啤酒的时候，她注意到厨师看了看关东。司机挥了挥手："我能行，她也不容易。"后来，当她站起身时，关东赶忙过来扶住她的肩膀。她没有反对，由着他把自己带回车里。回到小花园以后，她示意他，自己能走，他没有坚持。她回到了昏暗的枫树厅；它轻轻颤动着，树枝因夜色变得沉重；南禅寺的树木划过她的脑海，留下尖利的痛。她回到卧室里，脱了衣服，赤裸着身体，极度兴奋地看着窗外。她抬手摸了摸额头，这时发现床垫上放着一张方形纸条。她跪下来，在黑暗中吃力地辨认着。*保罗桑明天 7:30 过来，我 7:00 叫你起床。佐代子。*

她双臂交叉，跌倒在榻榻米上。星光穿透了云层，熠熠生辉；从河里传来奇特的旋律；她一动不动地待着，久久不能入眠。不久后，她打着哆嗦醒来，爬到床上，裹了一条薄薄的被单。星空闪耀，她感受到神秘神明的存在，一种晦暗不明的生活，不乏叹息。她记起自己刚来的时候，在如瀑的光线中盛开的广玉兰，以及早已存在的神明。万物一统，万物随形，她心想。花冠在变大，她感到一丝惧怕，又沉入无梦的睡眠中。门上传来三声敲门声，把她惊醒。她坐起来，发现天已经亮了。头疼得厉害。佐代子的声音传来："七点啦。""我马上就好。"萝丝含含糊糊地应着。她用香皂洗了头发，没来得及梳妆，就套上一条连衣裙，裙子皱巴巴的，于是她又换成一条短裙和一件不配套的短袖。她照了照镜子，发现自己看起来有点可笑。她涂了口红，又连忙拿卸妆棉擦掉，急匆匆去了枫树厅。保罗和佐代子一看到她，便笑了起来。她傻眼了，呆住一动不动。

"怎么了？"她问。

佐代子朝她走了三小步，从天蓝色的和服腰带里掏出一块手绢，给她擦了擦脸。萝丝看到了她的目光，里面不易觉察地闪过怜悯。日本女人向后退了一步，欣赏着自己的杰作，然后又指了指她的上衣，笑了起来。

"你穿反了，"保罗说，"这是新穿法吗？为了搭配脸上的口红？"

他一脸笑意地看着她。他看起来很疲惫，又

很开心。她想,他很高大,肤色很白——又高又累,她想,我让他累着了。

"我还有时间换换吗?"

"来不及了,你已经点亮了我暗淡的一天。"

"我头疼得厉害。"她说。

他对佐代子说了几句话,后者示意萝丝跟她去厨房。到了那里,她让萝丝像孩子一样坐下来,递给她一杯水和一粒白色的药片,萝丝顺从地吃了下去。"萝丝桑要吃点饭吗?"佐代子问。萝丝谢绝了,她把衣服整理好,离开厨房,跟着保罗去了前厅。他们从花园走过。到了小门前,她回过头,看到佐代子正鞠着躬。最后,日本女人冲他们挥了挥手。萝丝低下头,冲进了车里。

"很抱歉这么早把你叫醒,但寺庙一开门我们就得进去。不然人就太多了。"

"我以为你今天还在东京。"她说。

"我今天一早就回来了。昨天吃完晚饭后,我回公寓洗了个澡,赶上了凌晨四点的新干线。"

"你在东京有公寓?"

"是春的。"

"一夜没睡?"

"没有。"他说,"我和客户一起吃晚饭。

这顿饭没完没了。"

他大笑起来。

"在日本，要是没有漫长的晚餐和大量的清酒，是做不成生意的。"

她寻思着他有没有收到她的信，她想象着他站在月台上，沉浸在她难以想象的思绪里。即使他就在身边，她还是感到迷惑：她记得前天晚上，自己牵了他的手；她为此坐立难安。他没有说话，只是看着一条条街道从窗外闪过。汽车在停车场停下来，里面已经有了三大车游客。她跟着他走过绿树成荫的小路，路两旁摆着几个摊位。她在寺庙售票处等他，然后跟随他的脚步，经过一片开阔的莲池，在她看来，这里秀丽的风景令人不适——不过是给游客看的玩意儿，她对自己说，然后她又想到：我也只是一包衣服，被人从一个洗衣店送到另一个洗衣店。他们走过池塘，在一道不起眼的枫树拱门下爬上石阶，来到寺庙的入口。他们脱下鞋子，跟着其他游客向左转，就到了庭院跟前。

"龙安寺。"保罗说。

她看着眼前的长方形里的沙石，心无所感。随后，身后传来一片喧哗，她就势在木走廊里席

地而坐，被物质压倒在地。枫树和樱树的枝叶从
庭院外面探进来，像瀑布一样垂在庭院的围墙上。
远处，繁茂的枝叶形成了厚厚的屏障。围墙里面
只有耙成平行线条的沙子和七块大小迥异的石头，
围着石头还耙出了椭圆的形状——可萝丝只是看
着围墙上倾斜的屋檐，以及那上面灰色的脊瓦和
树皮。赭色的波纹，像意大利宫殿一样古色古香，
与石块四周覆盖的金色苔藓遥相呼应。

"墙一直是这个颜色的吗？"她问道。

"不是，"保罗回答，"我想，起初应该是
白色的。"

"它们形成了一个庭院。"她说。

他面露惊讶。

"这里石头的布局，让你没有办法一眼看尽
整座枯山水庭院。"

她试着把注意力集中在岩石和沙子上面，但
她的意识飘走了，又回到了围墙的纹路上。

"关于龙安寺有各种说法。"他补充道。

"你都读过？"

"读过一部分，工作需要。"

"它教会了你什么？"

"你从植物学书籍里学到什么了吗？"他问道。

这个问题让她感到不快。

"我想是的。"她说。

然后，她心想，我并没有在看花。她回到物质上，去那里寻求安慰。

"春在生意上很难对付，但对待友谊很忠诚。"保罗说。

这我可以保证，她心想。在她心里，有什么东西动摇了，但围墙的质感又一次吸引了她的注意力。

"我遇到他的时候，他对我说：我品位很好，但没有任何天赋。这些年过去了，我认知到了他的能力：他完全知道自己是谁。"

她试着把注意力集中在头三块石头四周的椭圆上，但失败了。

"他因此吸引了很多人来到他身边。"

萝丝的目光又回到金色的围墙上。

"他的生活习惯是日本式的，但他的思想不受任何局限。我想，他之所以喜欢留我在身边，是因为他需要一只外国的耳朵来倾听他那些非同寻常的想法。"

"什么想法？"她问道。

"比方说，关于女性。日本女人对我们的女

权运动一无所知，但春在某种程度上是支持女权的。他从不召集只有男人参与的晚间聚会。在他这儿，女人也可以参与讨论。"

"所以他让过路的外国女人为他生孩子？"她问道，但意识到这样很幼稚，于是咬了咬唇。

他没有回应。

"他性格里最好的一面，是他懂得付出。大多数人付出，要么是为了获得回报，要么是迫于义务、出于约定或者惯性。但是春付出，是因为他懂得付出的意义。"

她嗅到一股危险的气息，集中精力注视着围墙，视线突然被一块石头吸引过去。这块石头比其他石头都小，几乎被埋在沙子里，在无限的海洋中漂荡。

"克拉拉最后几个月病得很重，我跟春几乎每晚都会聊聊天，我来他的办公室看他，喝喝清酒，他听我说，也跟我说说他自己。我从未感觉他有一丝的勉强。我以前从不知道，两个男人也可以如此默契。"

他不说了，她明白他是不想说下去了。在他们身后，来了一个熙熙攘攘的中国旅行团，走廊的地板被踩得咚咚直响。

"龙安寺对你有什么启发吗？"他问道。

"这里就像一个巨型猫砂盆。"她说。

保罗大笑起来，转眼间，他像是变了一个人。她心想，这是以前的保罗，被妻子的死亡扼杀的保罗。他们在沉默中待了片刻。萝丝的目光从那块孤零零的石头上移开，看向其他石头和沙子；整个场景看起来有了变化；她盯着围墙，再也看不出先前看到的东西。她收回目光，看着干枯的山石，觉察到时间在颤动——那是出生的时间、受难的时间、死亡的时间，她对自己说。她看着保罗。他闭上了双眼，她记起他在墓地流下了泪水。危险的感觉更加强烈了，与此同时还有一个友好的存在、一种充满希望的悸动。于是，她看着在岁月中变成赭石色的院墙，明白了是庭院的力量支撑着它们屹立不倒，明白了它在矿化过程中将时间变为了永恒；要知道，在时间经过变形之后，再也没有任何行动能够具有相同的意义；最后，莫名地，佐代子早上的手势回到了她的脑海——岩石被埋在沙里，散发着孤独的气息，这个手势有一种献祭的意味。献祭什么？她看着面前的风景，问自己。干枯与荒芜能够给予什么？她任由思绪在石头中间游荡，感觉到它们将它沉溺在亘古的沙海里，唯有庭院在奉献。

保罗站起身来，她跟在后面，专注地看着他生硬但又流畅的步伐。回到车上以后，她看出他非常疲惫。

"现在去哪儿？"她问道。

"我送你回春的家里。"

"我们不一起吃早餐吗？"

"我得去接安娜，她昨晚回来了。"他说。

"你是为安娜赶回来的？"她问道。

他似乎没有听到这个问题。

"当然，也是为了在见公证员之前，看完最后几座寺庙。"她又说道。

"我是为你赶回来的，"他说，"我很想念我的烦人精。"

他朝关东俯下身去，说了什么，司机频频点头，然后用日语打了一个简短的电话。行程持续了很久，寂静无声，令她感到一丝脆弱。到了市中心，他们在一条拱廊大街边下了车。保罗冲进一道门廊，爬上一个台阶。她能够感觉到他很疲惫，胯部也在疼痛。他推开一扇门，里面是一个超级现代的房间，摆着白色的桌子和苹果绿的椅子。柜台后面的大幅海报上显示着各种馅料的华夫饼。

他如释重负，坐了下来，她在他面前就座。

"要吃华夫饼？"她问道。

"别忘了，我可是比利时人。"他说。

她身后的门开了。他微笑着站起来，一瞬间变得精神焕发。萝丝回过头，看到一个黝黑的棕发女孩儿朝他们跑过来。看到萝丝的时候，她迟疑了一下，然后扑进父亲的怀里。一个四十多岁的日本女人跟着她，羞怯地走上前来。保罗搂着女儿，冲日本女人打了招呼，他们笑着交谈了几句。萝丝站起身来。安娜的脸孔令她着迷。

"安娜，这是萝丝。"保罗说。

小女孩儿认真地看着萝丝，走上前来，踮起脚，亲了亲她的脸颊。

"你是春的女儿？"安娜问道。

"似乎是。"萝丝回答。

安娜目光灼灼地盯着萝丝，紧闭着嘴巴，皱着眉。

"萝丝，这是惠美，安娜的好朋友洋子的妈妈。"

日本女人一脸笑意地鞠了鞠躬，犹豫着说了什么。

"她说，欢迎你来京都，她还问，你打算待

多久。"

"我不知道,"萝丝说,"我听从安排。"

安娜依然目光锐利地看着萝丝。保罗说了什么,惠美看起来很满意,鞠了躬告辞;走到门边,她转过身,做了和佐代子一样的手势。服务员过来点单,安娜开始叽叽喳喳说个不停,保罗听着,脸上全是笑意。华夫饼上来了,小女孩儿立刻吃起她那一份。萝丝谨慎地看着面团上堆着的绿色酱汁和红色果子。

"你不喜欢华夫饼?"安娜问道,嘴里塞得满满的。

"这种火星人的酱汁对我来说没有任何意义。"萝丝回答。

小女孩大笑起来,看着她的父亲。萝丝惊讶于小女孩的肤色,因为保罗一头金发,肤色白皙——像这样,矮小瘦弱,轮廓细腻,鼻子微微翘起,瞳孔又黑又亮。她应该非常像她妈妈,萝丝心想。安娜狼吞虎咽,还不忘讲她的假期趣事,大笑着,时不时看萝丝一眼。萝丝觉察到她的警惕,她是一个细心的观察者,有十足的耐心,就像我小时候一样,萝丝回忆起来。安娜求保罗再点一份华夫饼,请萝丝做证,保罗让步时,小女孩的眼睛里满是胜利的喜悦。突然，她一脸严肃。

"你住在哪里？"她问。

"巴黎，"萝丝回答，"但我在都兰有一座房子。"

"都兰在哪儿？"

"南部。"

"那里有故事吗？"

"故事？"

"住在那里的仙女和精灵的故事。"

小女孩盯着萝丝的眼睛。我想要的是这个吗？萝丝问自己。她看向保罗。保罗额头的皱纹更深了，看得出来，他忧虑不安。安娜还在等着。

"有啊，"萝丝终于回答，"我外婆知道所有的故事，尤其是欢快的魔王的故事。"

"你讲给我听好吗？"安娜问道。

萝丝的心像杂草一样被拔了出来，一时间悬在两个世界中间。然后，龙安寺的石头不请自来，加入了这个圆——赤裸着，带着矿物的孤独，沉默而笃定，这是贫乏造就的明确。在尖锐的刺痛中，有什么东西在摇摆。

"以后我全部讲给你听。"她说。

安娜笑了。我是一只被活活掐住的蝴蝶，萝

丝想。保罗站起来，去付了账单。她感觉他松了一口气。关东正在楼梯下面等着他们。

"你可以自由安排了，"保罗对她说，"我得带安娜去看牙医，然后还要陪一些客户吃晚饭。明天早上我去找你，今天让关东陪你。"

"你呢？"她问。

"我就住在附近，"他指了指市中心的那些建筑，"你想去哪儿？"

"我要先回家换换衣服。"

他对关东说了几句话，她上了车，安娜俯身过来，又一次亲了亲她的脸颊。萝丝与保罗对视了一下，看到他的目光里蒙着一层忧伤。她多么想挽着他的胳膊，留住他，把他拉到身边。他关上了车门。汽车走远了，安娜还在使劲地挥舞手臂。萝丝学着佐代子的样子，做了同样的手势给她。他们回到了春的家里，她回到自己的卧室，直接倒在地板上，就这样躺了一个上午。粉色的山茶花散发着柔和感伤的光辉，她沉浸在遐思中，身上有什么东西在不知疲倦地躁动着。

后来，她换了衣服，去了枫树厅。里面空无一人，她拍了拍厨房的门，走了进去。佐代子正在和一名穿便服的年轻女子喝茶。佐代子为萝丝准备了咖啡和一碗米饭，她坐在榻榻米上，等待着。两个女人热烈地交谈着，萝丝听了听，为自己不会说感到宽慰，也很开心自己听不懂。她喝了咖啡，吃了米饭，想要出门。佐代子示意她稍等片刻，在放在架子上的包里翻了翻，找出电话，递给了她。"代码是0000，"佐代子说，"1是保罗，2是佐代子，3是关东。"萝丝接过电话，回到卧室，重新躺了下来。外面下着暴雨，天地间一片昏暗，闪电不时把雨水照亮，山茶花也熠熠生辉。过了一会儿，她走出房门，来到走廊里，在冲动之下拉开了茶室对面的拉门。一个榻榻米房，正对着河。房间里只放了一张医疗床，像一张蜘蛛网统领着这里；床对面挂着一张巨幅抽象油画；漆器夜桌上放着一只黑色的花瓶。在雨光里，这里的一切看起来游移不定。床垫看起来像一块苍白的污渍，呼应着油画里的图案，那就像一块巨大的胭脂色污渍，在均匀的黑色墨汁上晕开。这块污渍没有线条也没有轮廓，但萝丝确信那是一朵花——山茶、莲花，又或者是一朵玫瑰。他是在这里离世的吗？她心里默念着走上前去，伸出手，想要触摸光秃秃的床垫。她屏住呼吸，犹豫了一下，又退了回去。空中飘浮着一股难以形容的芬芳，似乎混合了雪松、茴香和紫罗兰的香气。房间里似乎有幽灵在逗留，有那么一瞬，她甚至感觉脖子后面吹来一股气息。粗暴的金属床令她不知所措，然而，另一种感觉掠过了她。她突然明白了一个显而易见的道理，那就是尽管死亡的力量无法抵抗，但花冠依然充满生机。萝丝想到了安娜，想到她明亮的双眼，想到快乐的魔王，想到在汽车远去时，自己冲她做的手势。然后，萝丝的眼前再次浮现出金色围墙里的枯山水庭院。她心想：没有庭院，围墙一无所依；没有永恒的奉献，人类的光阴一无所用。

9

THE NINE

据说，一天早晨，千利休正在用纯净的水清洗通往茶室的石板路，一只小狐狸突然从旁边的树林里跳出来，蹲在一棵高大的南天竹下。他们默默地看了看对方，过了一会儿，小狐狸小心翼翼地折下一根竹枝，放在当晚茶会的客人必经的一块石板上。年轻的弟子看到它放在客人的通道上，感觉很惊讶，千利休说："狐狸和竹子教我们绕道而行。"

竹子教我们
绕道而行

下午三点，萝丝决定出门转转。她在枫树厅找到佐代子时，对方正忙着整理一束玉兰。萝丝努力让她明白，自己准备出去。日本女人放下了手里的花儿，从小矮桌上拿起一个有粉色云朵图案的小钱包，交给萝丝，说："出门带点儿钱。"萝丝表示感谢，佐代子笑了，她也犹犹豫豫地报以微笑。当她准备转身离开的时候，日本女人从腰带里拿出一张照片，递给她。萝丝惊讶地接了过去。上面是佐代子和三个女人，她们都长着一样的温柔面孔；唯一的区别是发型和头发的颜色，或黑或灰；她们都是标准的鹅蛋脸，肌肤焕发着光彩；她们正坐在榻榻米上大笑，背景是群山。

"这是我的姐妹。"佐代子说。

萝丝没有说话。照片的边缘微微卷起，她想

象着佐代子经常拿出来查看。她好奇地看着她们。都是家庭主妇，她心想，可她们的笑容都很活泼。

"你也需要一个。"日本女人又说。

萝丝点点头，把照片还给了她。她在前厅拿了一把雨伞。时不时会下一场倾盆大雨，但此刻天空变亮了，透过厚厚的云层，依稀可见太阳闪过。她去了河边；一动不动的苍鹭点缀着河岸的风景。她一直走到第一天到过的那座桥，然后在商业长廊的入口处向左转，在华夫饼店所在的那条街的拱廊下走了一会儿。一扇自动门在她右侧打开，从里面传出狂乱的嘈杂声。她走进一个大厅，里面的霓虹灯亮得刺眼，但她不明白眼前看到的一切。男男女女坐在花花绿绿的赌博机前，目光呆滞。这里的嘈杂闻所未闻，这里的丑陋无以复加。真是人间地狱，她心想，春的世界的反面。这是一个病了的、疯狂的日本，其荒诞让她忙不迭地远离。她折回到长廊里，向右转，来到大街上，她过了马路，继续朝北走。不过几米远的距离，街道就变得迷人起来，两旁全是精致的商店。她推门走进其中一家，看到木架子上摆满了餐具，和父亲的杯子很相似，她一一观赏着，感觉每一件都特别棒。她凑近观察一个有大米颗粒感的白色深盘，表面凹凸不平。她看到旁边有一张照片，里面有一个男人站在陶车前。她心想，这会不会是春的某个艺术家？她看了看盘子的价格，感觉价格还不够高。她走出商店，沿着小巷一路往上，看着橱窗里的毛笔、纸张、漆器。她感觉这样无所事事的样子很失礼；在京都，没有人在等她，没有人认识她，她这样随意地闲逛，没有用处，也没有意义。她想到了佐代子，笑意融融的四姐妹——她们都是囚徒，但又光彩照人，她心想，这更让她觉得格格不入。不久，她认出了右边的茶室，那里挂的布条上写着龙飞凤舞的文字。在城市的中心，这里曾让她觉得难看，如今却令她心生感动；低矮的建筑、宁静的街道、精致的店铺；她明白了它们与那些美丽的庭院是一体的。贝思·斯科特的话回到她的脑海：供神灵品茶的庭院。一个快乐的魔王的国度，她心想，即使心存敬畏，也有童年的自己作陪。

她走进茶室，被带到大厅另一侧的一张桌子前。她用英语点了单，发现系绿围裙的服务员一脸笑意地看着她。"哪一种 koicha？"女孩儿问道。萝丝一脸疑惑。女孩儿给她看了看菜单，原来有

两种 koicha，她选了便宜的那一种。第一口吃下去，
她就想到了保罗，想到他的缺席，他深不可测的
忧伤。要等到明天才能见到他，她几乎难以忍受。
我是一包被丢在空柜台上的脏衣服，她又一次告
诉自己。萝丝喝了第二口 koicha，安娜的脸占据
了脑海——她专注的眼神，她对于精灵故事的渴
望，萝丝想到安娜和她父亲一点都不相像，她应
该是像妈妈。萝丝吃完了抹茶，等着第二道茶端
上来，快速喝掉，这杯茶很淡，喝起来很舒服。
她拿出电话，摸索了一会儿，找到按键，按了3，
等待着。她听到关东的声音传来，说："我在茶
室，你能来接我吗？""十分钟就到。"他回答。
她结了账，在人行道上等待。雨停了，空中有一
股沥青的味道。

关东到了，他在车里回过头来。"我们能去
南禅寺吗？"她问道。"现在关门了。"他回答。
她看了看电话。六点了。"那就回家吧。"她说。
枫树厅里没有人，她想要躺下来，在树下睡一觉。
电话突然响了，把她吓了一跳。她打开，屏幕上
闪烁着"保罗"。她接了电话，心里怦怦直跳。

"你累吗，晚饭后要不要出来喝一杯？"她

听到保罗问道。

"不累。"她回答。

"你在城里?"

"不,我在家里。"

"送走客户以后,我去接你。"

她回到卧室,洗了澡,穿上一条花连衣裙,涂上口红,扎起头发,她克制住想要卸妆的冲动,回到了枫树厅。枫树轻轻地摇摆着。她在矮沙发上躺了下来,非常喜欢这种翻转的感觉。不一会儿,她就睡着了。在不甚清晰的梦境中,有一个会飞的仙女,长得和安娜一模一样;仙女在空中飞来飞去,叫着萝丝的名字,停在她的肩头。她醒过来,睁开双眼,看到保罗正俯身看着她。她迷迷糊糊地坐起来。保罗亲切地看着她,突然笑了。

"你总是跟口红过不去。"他说。

她伸手摸了摸脸,他笑得更厉害了。

"你最好去照照镜子。"他提议。

她去了卫生间,看到口红顺着右嘴角流了出来。"我流口水了。"意识到这点,她吓了一跳。她卸了妆,准备出去,又改了主意。她重新涂了口红,扎了头发。回到他那里的时候,她从他的眼睛里看出一丝惊艳。外面空气湿润，月光下薄雾笼罩，她跟着他上了车。有人打电话给他，他们用日语说了很久；听得出他声音里的疲倦，感受得到他的谨慎，他的身体绷得紧紧的。他挂了电话，突如其来的寂静令她难以承受，她坐立不安。

"你从未想过回比利时吗？"她问道。

他回头看着她。车里的光线忽明忽暗，他神情严肃，额头的皱纹也加深了。苍白的脸色仿佛是一个面具。

"比利时？"

电话又响了，这次他没有理会。

"我刚来日本的时候，一心想着在京都住下来，学习一种艺术和文化。春给了我机会。如今，死亡让我彻底在这儿生根了。"她想换个话题，于是说道："你两天没睡了，很累了吧？"但汽车已经在市中心的一条街上停了下来。他们下了车，几步走到一扇没有任何标识的门前，然后进入一个昏暗的大厅，里面间或立着几个闪光锥照明。左墙边铺着一溜儿灰色的鹅卵石，里面种着几棵南天竹。右边，一些客人坐在吧台上，面前的清酒柜里像佛龛一样亮着灯。他们一进去就受到了热烈的欢呼，在大厅尽头，有一张桌上坐着五个男人，正齐齐朝他们挥手，萝丝认出了其中一个。

"那个醉醺醺的陶艺师。"她喃喃地说道。

"这几个人凑在一起，简直太可怕了。"保罗说，"可惜，我们没有退路了。"

"其他人是谁？"

"一名摄影师，一个国家电视台的制片人，一名音乐家，一名法国同事。在这个点儿，他们几乎都喝醉了。"

"你的同事？"

"确切地说，是一名巴黎的古董商。"

他们走上前去，萝丝突然感觉放松了。我要喝酒，她心想，再说，为什么不喝呢？日本人和善地看着她，柴田圭佑嘴边挂着一丝戏谑的微笑。她碰上他的眼神。"赤诚相待之夜，"她心想，自己也因为这个不同寻常的想法感到惊讶。那个法国人五十多岁，头发乱蓬蓬的，穿着羊绒衫，系着波点大领结，他作势脱了脱并不存在的帽子。

"您是法国人吗，女士？"他问道。

她点了点头。他优雅地吹了个口哨。

"抱歉我不能站起来，"他说，"因为我的状态不大好。至于这些日本人，他们都是蛮子，不会为女人起身。"

他做出思考的神情。

"虽然我是这里唯一的同性恋者。"

然后，他又喝了一杯：

"这之间也没什么联系。"

萝丝和保罗坐了下来，日本人大叫着"端酒来"，她一口闷了第一杯。

"我是爱德华，"她正好坐在古董商旁边，"您是谁？"

"萝丝。"

圭佑傻笑着，说到了她父亲的名字。

"哦，您是春的女儿。"

"算是吧。"她回答。

"不然呢？"他问道。

"我是植物学家。"

"还有呢？"

还有吗？她问自己。

"我是烦人精。"

他大笑起来，他们开始有一搭没一搭地聊着天，有清酒助兴，她也乐意配合。这个夜晚就这样继续着，她喝着酒，和爱德华聊着，笑个不停，一个小时以后，她发现自己已经华丽丽地醉了。

他们似乎聊了花儿、餐馆、爱情和背叛——从某一刻开始，她的目光转到一棵南天竹上。它有根竹枝垂得低低的，轻抚着木地板，看起来就像一片不听话的羽毛，突兀地在一身光滑、温柔的翠鸟身上耸起；它离开了自己的队伍，挡住了去路，用尽肺里的每一个叶绿素大声吼叫着。保罗就在对面，和邻人交谈着；圭佑每隔一会儿就喊着要酒喝。

"他们在谈论什么？"她问爱德华。

"政治。"

谈话慢了下来。在寂静中，圭佑冲她抬了抬下巴。

"他说，你看起来没那么冷了。"保罗说。

诗人看着她，她从他的眼中看出了戏谑和无尽的善意，她万分惊讶。

"他说你很漂亮，应该多笑笑，此外，你太瘦了。"

酒鬼又说了几个词，其他人都笑了。

"什么？"萝丝问道。

"这句话是对我说的，我不用翻译给你听。"他回答。

这一次，保罗用日语讲了一个故事，她清清楚楚听到了"龙安寺"这几个字，然后，所有人都大笑起来。爱德华从背后拍了拍她。

"我告诉他们，你把龙安寺比作一个巨大的猫砂盆。"保罗说道。

圭佑拍着桌子，大叫了一句，其他人一致点头，表示赞同。

"去他的禅师。"保罗翻译道。

陶艺师又闷闷不乐起来。

"龙安寺，世界末日。"保罗继续翻译。

然后，由于圭佑没有做任何解释，大家又重拾刚才的话题，萝丝继续和爱德华聊着。有一刻，保罗起身去大厅门口和熟识的人打招呼，于是，她问爱德华这位新朋友，刚刚保罗没有翻译的那句话是什么。

"我当然乐意翻译，"爱德华打趣道，"圭佑跟他说：'你要温柔地亲她，这样她就不会冷冰冰了。'"

他看了看保罗。

"就我个人而言，我不会拒绝。"他又说道。

然后，他转过身来，说：

"我什么都没有说哦。"

沉默再次降临，圭佑用一根手指指着萝丝。"啊，"她心想，"这就是赤诚相待。"他开始讲话，保罗站起身，从邻桌拉过来一张椅子，在萝丝身后坐了下来。保罗为她翻译着，她感到他的呼吸吹在脖子上。

"你父亲，他那商人的身体里住着武士的灵魂，他是不折不扣的剥削者，但他愿意付钱，尤其是，他是一个忠实的朋友。保罗和他是一个品种，没他那么粗暴，但更狡猾。由于保罗是比利时人，日本人很难猜透他的心思。他从他导师那儿学了不少，他是你父亲的门徒、知己、医生、朋友。"

圭佑停顿了一下。萝丝时不时侧身看着陶艺师身后的竹枝。那种不对称、无精打采中的不服从吸引了她。

"你知道朋友是什么吗？"圭佑再次开口。

"一个死人？"她提议。

保罗翻译给圭佑，后者哈哈大笑。

"你父亲说过：朋友是你愿意和他一起沉沦的人。山里的人傻乎乎的，但当一切都落空的时候，你唯一想要在你身边陪伴的，就是这样一个蠢货。你呢？你也是这样的人吗，又傻又可爱？"

"不，"她说，"我是法国人。"

他又一次哈哈大笑起来。

"不愧是你父亲的女儿。"他低声说道。

有人从竹枝旁走过，绕了个弯儿，萝丝着迷地看着。圭佑问了保罗一个问题，他只用了一个字作答。

"你知道你父亲喜欢花儿吗？"醉鬼问道，"不过，你是一个傻不棱登的植物学家，你给植物贴上标签，但在心底里，你并不在乎它们。"

她盯着他的眼睛，却只在里面看到了柔情。这柔情是冲谁的？她心想。给他？还是给我？

"至少，你父亲懂得如何去看。"圭佑又说道。

"他会看所有花儿，除了玫瑰。"她说。

他沉浸在自己的思绪里，没有注意她的评价。

"你的专业方向是什么？"

"地植物学。"

"这么说，你在追随花的生长路径？"他问道。

"可以这么说。"

他打趣道："现在到收获的时候了。"

他又喝了一些清酒。

"一朵玫瑰，就是所有的玫瑰。"他说，"这是里尔克说的，这和你以果实为核心的科学研究非常不同。你以为你父亲不看玫瑰？他一生经商，对女人丝毫不了解，但他是武士，他知道单刀直入最为致命。"

萝丝的视线又落在南天竹上。有什么东西轻轻拂过她的直觉，便溜走了，又一次敲打着她的意识之门。

"如果说单刀直入对男人而言是致命的，对女人又何尝不是？"保罗翻译道，"要是你不能明白这一点，也不妨碍你直接下地狱。"

陶艺师大声吸了吸鼻子，然后用外套袖子擦了擦。

"你还年轻，你还能随时抽身。再往后就太晚了。"

他似乎还想说什么，但放弃了。

他看着保罗。

"你很清楚，灰烬，灰烬……"

他做了一个疲倦的手势，把头埋在手里，嘟哝了几个词。

"他说什么？"萝丝问。

"灰烬过后，玫瑰盛开。"保罗说。

他的声音听起来闷闷的。我在战争结束后到来，她心想，他们一同经历了世界末日，而我将永远被这种联系排斥在外。保罗回到桌子对面的老位置上，她有一种被遗弃的感觉。

"圭佑对我以'你'相称吗？"她问爱德华。

"严格说来，日语里对'您'和'你'没有做出什么区分，但是，他对你说话时就像对女儿说话一样。在法语里，几乎等同于'你'。"

"像对女儿一样？"她重复了一句，"当我父亲的不仅有死人，还有一个醉鬼。"

"他失去了三个孩子，"爱德华好意提醒她，"他要是发疯，想认一个烦人的法国女人做女儿，也没什么好指责的。"

过了一会儿，保罗站起来，同这伙人告别。他看起来累极了，她乖乖地跟着他。走到门口，她转了弯儿，绕开了那根出走的竹枝，她突然有一种清晰的感觉，她正在抄一条久已熟知却遗忘多时的近道；她停留了片刻，在一个没有物质、没有实体的地方被这条近道攫住了。来到外面，她深深地吸了一口气。空气中有了夏天的味道，关东正等着他们，他站在黑暗中，悄无声息，显得有些不真实。上车的时候，她猛地回过头，几乎要撞上保罗。保罗吓了一跳，稍稍后退了一下。她感觉自己醉得厉害，但又极为清醒。

"你要不要……"她喃喃地说。

她伸手拉着他的胳膊。他上了车，揽住她的肩膀，轻轻地抱着她，就像抱一个孩子。她强烈地希望他想要——可是，想要什么？她脑子里一片混沌。

"你喝太多了，"他说，"我也喝了不少。"

他凑到她面前。

"明天上午，我来接你去城里的另一个地方。然后，我们一起去公证员那里。"

"去那儿做什么？"她问。

"他会告诉你，春给你留下了什么。"

她想说：他留下了什么，关我什么事？但是，在保罗身后，她看到在临河的通道上，一团团的浓雾在月光下缓缓升起。她想到了凌乱的竹枝，想到它被折断，依然生命力满满地想要逃离——在脑海里的某个地方，圭佑的声音喋喋不休，她听到自己回答：

"我会好好收着。"

在他关上车门以前，她看到保罗脸上百感交集——这是真实的保罗，她想——然后，汽车滑入夜色。她回到春的家里，就像回了自己的家。在卧室里，她向着群山、向着季风期的天空，向着橙黄的月亮升腾的浓雾祈祷。她沉沉地睡着了，然后突然惊醒，她寻找窗外的月亮，发现它又大又黄，挂在漆黑的树枝间。

10
THE TEN

明朝末年，未来的画家石涛只有三岁，崇祯皇帝的反对势力处死了他的家人。一名太监把他救了出来，一路辗转，到了湘山寺。他在寺里学习书法，后来云游四方，最终成为画家。

石涛二字，顾名思义，为石头的波涛，他画的石头活灵活现，可他真正的趣味在于苔藓。然而，他从不把苔藓画进卷轴里。一天，他的朋友朱耷对此感到好奇，于是他说："苔藓像情人一样轻抚着岩石，或许我不久就会画上去——那样的话，我的艺术就不再是战斗，而是爱情故事了。"

苔藓轻抚
岩石

清晨，下起了倾盆大雨。整个世界都在雨中消失了，河流在战栗。萝丝跪在榻榻米上，看到有人在那里放了一个托盘，里面有一杯水和一粒白色的药片。她想象是保罗给佐代子打了电话，他们谈论了她，他给出了指示。一股无边的欲望袭来。她拿起药片，躺了下来。他非常清楚自己是谁。她试着回忆那场谈话，它的背景和结构。人们怎么能知道自己是谁呢？她心想。金色的围墙又回到她的脑海——石头，它们突兀地存在，它们默默地奉献。那个园子叫什么来着？龙安寺，她告诉自己，心里升起胜利的喜悦。然后，苦涩蔓延：我不存在，我不知道自己是谁。

她洗了澡，穿好衣服；每一个动作都很艰难；

她重新躺了下来，等着头疼消失，她注意到山茶花不见了。过了一会儿，她去了大厅，看到佐代子穿着第一天那件腰带绣着牡丹的茶色和服，正在矮桌旁记账。她起身去了厨房，回来时手里端着托盘。萝丝艰难地跟一整条鱼搏斗时，日本女人继续做她的加法。雨落在枫树脚下的青苔里，发出沉闷的回响。萝丝吃完了早餐，想要离开，然后又改了主意。

"今天我房间里没有花儿？"她问道。

佐代子笑了。

"保罗桑想让你自己选。"

萝丝感到诧异，没有说话。佐代子看着她，神情专注，一脸严肃。

"保罗桑是一个神秘的人。"她最后说道。

她发现萝丝在看她，比先前更加诧异，于是说：

"非常勇敢。他懂花儿。"

这中间有什么联系吗？萝丝心想。我呢？我勇敢吗？

"萝丝桑想要哪种花儿？"佐代子问道。

萝丝也没有明确的想法。

"在法国的时候，我喜欢丁香。"她说。

"日本也有丁香。"佐代子说，"紫丁香。

现在正是季节。"

大门滑动的声音传来，保罗进来了。他的笑意融融，沉思的目光，都装进了萝丝的心里；他真帅，萝丝心想。他对佐代子说了几个词，后者迈着小碎步匆匆离开了。

"你没休息好吗？"他问道。

"休息好了，但头还疼，"她回答，"你呢？"

"我睡得像个木头墩子，我像是换了一个人。"

佐代子端着咖啡回来了，他慢慢喝着咖啡，听她语速很快地讲着什么。萝丝一边等，一边看着他们，她感觉生活悄悄地展开，又在她身上消散。最后，他们看了看她，佐代子点头示意。

"你准备好了吗？"保罗问，"今天有严格的时间表。"

到了车上，他坐得很近，她有些不自在。他看起来还是很累，心不在焉的样子。

"我们去哪儿？"她问道。

"去城市的另一边，岚山。"

"这个名字是什么意思？"

"寺院山。"

"哪座寺院？"

"西芳寺。"

　　他们一路向西，行驶了许久，没有说话，也没有眼神交流。城市的风景变了，变得悲伤，没有个性，不像市中心那样富于魅力；街道两旁布满了不知名的建筑和丑陋的霓虹灯；萝丝想到，她对日本的全部认识只有六座寺庙和一块墓地，这让她感到慌乱。最后，他们走上一条狭窄的小路，两旁生长着高大的绿竹，几乎像是在乡下。已经有访客在等待。下雨了。几分钟后，一名身穿有双层白领的黑袍的僧侣打开了门。保罗和其他访客递给他一张纸，然后所有人都跟着他，一直走到一座普通的木制建筑。僧侣把他们带到一个大厅里，里面摆着一些矮桌，上面已经放好了纸张、墨水和毛笔。保罗示意萝丝待在里头，找一张桌子。她学着旁边的日本女人的样子，跪坐下来，脚趾微微往里收，保罗把双腿侧放着，脸上闪过一丝痛苦。她观察着面前的纸张，看到上面有一些文字，她想要请人解释一下。就在这时，一列僧侣走了进来，前往大厅的中央。一名看起来很严厉的高级僧侣艰难地用英语告诉他们，要用墨水描摹面前的佛经。一个年轻的僧侣盘腿在一张小板凳前坐了下来，上面摆放着黑得发亮的磬，另一个僧侣在一个木鱼前坐定，木鱼下是一个巨大的绣花蒲团。两人手里都拿着一根细细的棒子。萝丝打了个哈欠。

　　三声脆响，以及随之而来的沉闷的嗒嗒声，一下就吸引了她。她坐直身体，看到第一名僧侣的棒子已经离开亮闪闪的磬，第二名僧侣开始快速且有规律地敲打木鱼。歌声响起，焚香的味道弥漫开来，那歌声单调，铿锵有力。时不时地，磬音响起，强调某一处经文。旁边的日本女人在描摹经书，但萝丝被心底涌起的激流裹挟着，潮湿的泥土的芬芳中混杂着灰尘和鲜花的味道，令她陶醉。最后，僧侣们停了下来。一个大个子说了些什么，她没有听懂。之后，有人给他们每人发了一块小木板。日本女人拿起毛笔，告诉她："写下你的愿望。"

　　"这是什么？"萝丝问保罗。

　　"《心经》。"他回答。

　　"是关于爱的吗？"

　　"关于空无。"

　　"《心经》里谈论万物皆空？"

　　"是的，《心经》里充满了智慧。"

她笑了。

"我终于找到自己的位置了。"她说。

他笑了，然后收敛了一下脸上的怪笑，站了起来。他们跟着人群来到围墙上开的一道门边，在那里，有人还在讲着什么，萝丝没有去听。最后，他们可以自由活动了。空中飘着毛毛细雨。诵经的声音依然在她心头回荡——磬音的脆响，木鱼低沉的回声。他们走上一条石板路，小路在大片枫树的掩映下蜿蜒前行。就像在灌木丛里一样，她满怀惊讶地想着。雨水渗透了浓密的枝叶，滴落下来；到处是青苔，耀眼夺目，以胜利者的姿态占据着它的领地；密实的、疏松的，铺满了树根和岩石，熠熠生辉。

"西芳寺又被称作苔寺，青苔的寺院。"保罗说。

青苔很迷人，她心想——而大地，大地上覆满了青苔。

"春认为，苔寺的土地有魔力。"

"你呢？"她问道。

他没有说话。然后，他们来到一个被林木包围的池塘。

"对我来说，这是一个充满回忆的地方。"

萝丝看着池塘。细小的水流上架着一座长满青苔的桥，一层薄薄的蒸汽在水面上荡漾，岸边的形状看起来像一个字。

"池塘里蒸腾的湿气维持了青苔的生命。"保罗说。

"池塘的形状好奇怪。"萝丝说。

"据说，是一个'心'字。"

他抬起头，看着树丛。

"这是最后一次无忧无虑的散步了。"

一阵忧伤的风向萝丝拂来。我不会为任何人哭泣，她心想。佛经低沉的回响依然在抚慰着她，就像来自远方的旋律。青苔上的雨滴像珍珠一样闪耀着——这是青苔的露珠，她对自己说。他们继续走着。泥土里，有什么东西在悄悄生长，她感受到了它的沙沙声，感受到了它那神秘的魔法。

"安娜只有一岁的时候，我把她背在身后。"保罗说，"她说她还记得，但我想不通她是怎么做到的。"

快乐的魔王，萝丝心想。他们默默地向前走着。到了庭院附近的时候，她看到大树在大片天鹅绒似的青苔上扎根生长；看到雨滴惬意地挂在植物上，然后又从植物落到地上。这也是一种爱抚，她对自己说。雨露与青苔友爱共生，晶莹的水滴、大地与木头水乳交融，她突然发现一个事实，那就是，她一直不停地在为宝萝流泪，自很多年来，自很多个沉默的世纪以来。她把手放在胸口，然后，一切都在墓地的芬芳中，在黑雨的诗篇中流逝。

他们又出发了，在乡间驱车几公里后，他们沿着河一路向北，来到一座巨大的铁和木头打造的桥边。这是一个繁华的区域，沿着河岸，开了许多餐馆和五颜六色的店铺。他们在高处下了车，穿过门口灰色的短门帘，走进一个榻榻米大厅，窗外的庭院里开满了杜鹃。保罗点单，有人端来茶和冰啤，每人一个漆器盒，和一个小小的木质容器，上面穿着一个弯曲的手柄。萝丝打开漆器盒，看到米饭上铺着几层鱼，上面刷着浅褐色的酱汁。

"鳗鱼。"他说。

他端起那个小小的木质容器，取了一点绿色的粉末，撒在了鳗鱼上。

"山椒。"

她尝了尝鳗鱼。鱼肉一片片地从肥厚的灰色鱼皮上剥落下来。酱汁甜甜的，令她惊艳。鱼肉入口即化，口感丝滑，咬起来没有任何阻力和黏腻，与酸酸的米饭十分搭配。她喝着啤酒，看着保罗；他一直沉默着，她为此感到宽慰。吃完午饭以后，他靠在隔板上，双腿伸展开来。在强烈的痛苦中，她希望他要她，希望他愿意与她分享自己的过去。保罗总是神神秘秘的，让人摸不透。这句话是谁说的？她想着。贝思·斯科特。

"佐代子不喜欢贝思·斯科特。"她说。

保罗饶有兴趣地抬了抬眉毛。

"贝思在京都不太受欢迎，她做生意不讲人情，也不守规矩。但凡涉及她的利益，她就不会为别人考虑。"

"什么生意？"

"她从她丈夫那里继承了许多不动产，形成了庞大的产业帝国。"

"她丈夫是日本人？"

他点了点头。

"她很强，"他说，"虽然大家对她评价不高，加上她还是外国人，她依然成功地在这儿立足了。这非常了不起。"

"你和她处得好吗？"

"很好。"

"我父亲呢？"

因为这句"我父亲"，她看到他瞬间变得激动起来。

"春很爱她。"

"为什么？"

"他喜欢受过伤害的人。"

"她失去了孩子？"

"一点蛛丝马迹，就让你猜到了。"他说。

她茫然地摇了摇头。

"我不是第一次注意到这一点。"

他的目光中有一种奇特的温柔，她想象着他在思念别人，他不久前爱上的一个陌生女人，她担心他即将从自己的日常、目光和生活中消失。

"该去公证员那儿了。"说着，他站了起来。

他在门口的收银台付账的时候，她注意到他胯部有些不适。他朝门口迈了一步，发现她落在后面，便转过身来。

"这不是登山事故造成的。"她说。

他的脸上闪过一丝疲惫。

"嗯。"他说。

她跟着他来到户外。天又下起雨来。关东对保罗说了什么，后者拿起电话，开始用日语交谈。她看着拥挤的街道、行人、透明的雨伞。温柔的青苔追随着她，与她忧郁的深渊起了冲突。我是春的女儿，她心想，我只是春要他带着在京都转悠的那个女儿。他知道我的存在有二十年了，他知道我是谁，知道我的空虚、我的愤怒。她突然意识到，他也看到过她和情人在一起的照片，这让她痛苦万分。在此期间，他爱着，并因为爱而备受煎熬。汽车在市中心停了下来，彼时大雨如注。关东走过来，为她打开车门，撑着雨伞，一直把她送到一座凄惨的灰色建筑门口。保罗赶上来，推开门，在错综复杂的走廊里为她带路，然后又推开一扇门。一名女职员从柜台后出现，冲他们鞠躬，然后把他们带到一间办公室。一名上了年纪的男子和一名年轻的女子正等着他们，女子也向他们鞠躬致意。

"我是您的翻译。"她说。

"保罗不能翻译吗？"萝丝问道。

"这是规定，"女子说道，"很抱歉。"

女子很漂亮，浅灰色的眼睛，侧脸像浮雕一样。

"这样很好。"萝丝说，为自己的唐突感到不安。

保罗和公证员用日语亲切地交谈了几句。公证员看起来活像一只年老的青蛙，嘴巴宽阔，额

头狭窄，探询的目光非常锐利；唇边挂着温和的
笑；办公室里稀奇的两栖动物，她心想。一切都
看起来不够真实。"我受到委托，来让您了解您
父亲的遗愿。"女子翻译道。萝丝的脸色沉了下来。
她无法集中注意力，偶然捕捉到几个词，却不明
白它的意思，她气喘吁吁地在冰冷的黑水里挣扎。
有一会儿，她看到保罗投来担忧的目光。他站起身，
把手放在她肩上；手掌传来温柔的压力，把她拉
回到水面。公证员递给她一份文件，她不知所措，
保罗替她接了过来，便待在了她的身边。过了一
会儿，女子问道："您明白了吗？还有没有问题？"
她摇了摇头。女子接着说："现在，还有几份文
件要您签名。"萝丝看着保罗，喃喃地说："我
想离开。"他对公证员说了几个词，然后揽过她，
带着她穿过了走廊的迷宫。到了大门口，在震耳
欲聋的暴雨声中，她大口大口地呼吸着。"我们
回去吧。"保罗说。在车里，她开始号啕大哭。
他伸出胳膊，搂着她的肩膀，对关东说了什么，
后者简短地打了个电话。他的双唇凑近她的鬓角，
亲吻着她的头发。她完全放松下来，但像孩子一样，
哭得更大声了。回到家里以后，她一想到保罗就
要离开，就感到难以承受。佐代子正在缘侧等着

他们，手里拿着一条披肩。佐代子给萝丝裹上，拉着她，把她带到了枫树厅。矮桌上的茶水正冒着热气，屋里燃着淡淡的熏香，萝丝一下瘫倒在地上。保罗压低了声音，佐代子点了点头。他在旁边坐了下来。

"你休息一会儿吧，我一会儿就回来。"他说。

她泪眼模糊，使劲摇了摇头，但他还是远去了，同佐代子最后说了几个字就离开了。日本女人跪在一旁，用手绢给她擦脸。萝丝猛然坐了起来，光着脚跑到门厅，走进了花园。保罗就在门外，站在车前，正要合上雨伞。

"不要走。"她喊道。

他丢下雨伞，折了回来，而她依然在倾盆大雨中一动不动，紧紧地抱住他。佐代子出来了，他们一起把她带回屋里。保罗弯下腰，温柔地拨开她的头发。

"我很快就回来。"他说。

"求你了。"她嘟哝着，牵过他的手。

他把手抽了回来，她垂下头，不想看着他离开。公证员的话轰鸣着回到她的脑海。她继承了父亲的所有财富，他还给她留了一封信，保罗把他在葬礼上读过的那封信也加了进去。她躺下来。

一个小时过去了。佐代子过来说，自己要出门了，保罗会来吃晚餐，她应该先睡一觉。萝丝一言不发。很快，电话响了，她看到屏幕上出现"保罗"二字。声音传来："萝丝，不要担心，今晚我在。""现在就回来。"她喃喃地说。他挂断了。她祈求枫树，祈求寺院的青苔，祈求它们发出召唤，祈求它们显灵。有声音传来，她跑到前厅，拉开拉门，保罗就在眼前。

　　她笑了。向前一步，抱住了他。

11

THE ELEVEN

据传，生活在足利幕府统治时期的水墨画大师雪舟，是抽象画的真正发明者。他精于线条和构图，但只喜欢在洁白的画卷上随意滴上散乱的墨滴。一天，一个富裕的客人惊讶于他的这种新奇的做法，于是问他想要画什么。"樱树枝。"画家回答。然后，他当着这名好奇的客人的面，把黑色的墨滴变成了花瓣落尽的树枝。"所以，画画只是即兴发挥吗？"客人问道。"世事变化，如三日不见之樱花。"雪舟回答。

世事
如樱花

他搂着她回了卧室，在他们脱衣服的时候，他一直看着她的眼睛；她感觉自己好像第一次看到男人的身体。当他进入的时候，她带着绝望的贪婪紧紧抱住他；他把胳膊伸到她的身后，也紧紧地抱住她，把脸埋在她的脖子里。在极乐之上蒙着一种更加强烈的、陌生的情感——这就是亲密无间，她猛然想到。这个发现令她在快乐中更加陶醉。后来，他又紧紧盯着她的双眼，她感到有泪水在脸上流淌。他大叫了一声，达到了高潮，充满了宽慰的、令人心醉的忧伤与感激。他们之间强烈的亲密感令她震惊不已，其他男人从未给过她这种感受。她陶醉地想着，这是保罗的身体。他躺了下来，伸出双臂把她包裹起来，然后又轻轻地把她推开，注视着她。他们在雨声中沉沉入睡。

很快，萝丝惊醒过来，身边已经空了。她坐起身，听到水流的声音，于是又跌倒在床垫上。保罗从浴室里出来，头发湿湿的，已经穿好衣服。他在她身边蹲下来。

"佐代子就要回来了，"他说，"我带你去吃晚饭。"

她盯着他的眼睛，他把她扶起来，吻了吻她。她去洗了澡，穿好衣服，唇上涂了口红，去了枫树厅。

"佐代子来了。"他说。

在前厅里，她在一只黑色的陶土花瓶前站定，瓶子里插着一大束白色的丁香。

"萝丝。"他呼唤道。

他们穿过泥泞的花园，逃走了。到了车上，他把手放在她的手里，向关东下了简单的指令，又打了一个电话。到了日暮时分，天色尚且明亮；黑暗的天空中不时闪过猛烈的、流线型的强光，照出云朵的轮廓；街道像彗星一样倏忽而逝。他们又来到市中心，一条昏暗的小巷，乘电梯直达顶楼。他们都没有说话，只是看着对方。到达顶楼以后，他们走进一个大厅，这里有一整面玻璃墙，看不见任何框架，与墙面齐平。东山像沉默的巨人沉睡着，有光线从看不见的低处射出来。在右边的壁龛里，一个浅色的陶土花瓶里塞满了不知名的树枝。有人把他们带到落地窗附近的桌子，清酒很快就端来了。保罗倒了酒，然后往后一躺，靠在了椅背上。萝丝屏住呼吸，等待着。

"很抱歉，我逃跑了。"他开始说道。

她想要说话，但他挥手制止了她。

"我想告诉你，这个星期我是怎么度过的。"

他笑了笑，她也冲他微笑。

"我认识你已经有二十年了，可自从你来到这里，尽管已经对你有所了解，我还是震惊了。在照片里看到的你只有冷漠和忧伤。我已经准备好要面对春的女儿，结果来到我面前的，是一个完全陌生的女人。"

他喝了一大口清酒。

"我对真实的你完全没有心理准备。"

"我是什么样的？"她问道，心里想着：我每天都在问自己这个问题。

"我也想知道。"他说。

然后，他若有所思地说：

"总之，是一朵强大的花。"

片刻过后，他又补充道：

"我想，我应该实话实说，那就是，你五分钟就要掉一次眼泪。"

有人端来了生鱼片，他道了谢，又说了几个词。服务员恭敬地鞠了一躬，萝丝明白，他是在要求不要被打扰。

"当我看到你跪下来抚摸墓地的土地时，我就爱上了你，完全失去了理智。所以，我逃到了东京，佐代子把你的信息传给我时，我又坐上第一班车回来。但我并不知道应该怎么做，我很害怕。"

透过巨大的落地窗，萝丝看到群山光芒四射，它们静止不动，像女神一样发射着善意。她感觉自己陷入未知的物质里，她害怕再次被暴风雨席卷而去。

"你在东京的话，佐代子是怎么把信转交给你的？"

"她用手机拍了照片。"

"她读过了？"

"她不懂法语。"

"并不需要懂法语就能明白。"

他好笑地看着她。

"我们这样的人有可能获得平静吗？"她问

道。由于他始终沉默着,她又说道:"像我们这样遭受过不幸的人?"

他没有回答。

"到目前为止,我一次都没有成功过。"她说。

"这几天对我们来说,就像在无人岛,现在,真正的生活开始了。谁知道以后会怎么样?不过,我准备试试。"

他吻了吻她的手。

"我等不及想要试试。"他说。

她冲着他弯下腰,眼泪从脸颊上掉了下来。

"一想到回去我就受不了。"她喃喃地说。

她看到他眼中闪过奇异的温柔,这温柔曾经让她以为还有一个女人。

"有时候,只有安娜能让我忘记痛苦的滋味,"他说,"今晚,痛苦走远了。我想,是要活下去,但或要先死去,才能获得重生。"

她想到柴田圭佑,想到他所剩无几、支离破碎的灵魂。她吞了一口金枪鱼,肥厚柔嫩的口感让她平静下来。

"我不能和你回家。"保罗说,"佐代子晚上要住在那里,安娜也在等我。明天上午,我要带她去看戏。一结束我就来找你。"

她放下筷子，失望又迷茫。

"你有两封信要看。"他补充说。

一个女人走近他们，萝丝认出来是贝思·斯科特。

"贝思，"保罗站起来亲吻她，"你怎么会来这儿？"

"商务晚餐。"她说着，指了指在门边的桌子旁就座的一群日本人。

然后对萝丝说：

"明天上午和我一起喝茶吗？"

萝丝吃了一惊，随即点了点头。英国女人用日语对保罗说着话，他点了点头。她作势要离开，但又回头补充了几句。他用眼神制止了她，回答很简短。萝丝看着她回到自己那桌，把那群穿制服的人逗得哈哈大笑、呼叫服务员，看她一路小跑，低低地鞠着躬。

"她说什么？"萝丝问道。

"你们明天碰面的地方。"

"然后呢？"

他犹豫了。

"世事变化，如三日不见之樱花。这是一句古老的谚语。"

她沉思了片刻。

"你怎么回答？"

他沉默着。

"灰烬过后，玫瑰盛开。"他最后说道。

他站起身，她跟着他走到门口。他冲贝思挥了挥手。在电梯里，他拉过她，开始吻她。到了外面，风雨扑面而来，他上车坐了一会儿，任车门开着。

"信是谁翻译的？"她问道，"是你吗？我还能活过明天吗？不然佐代子还要拿大披肩把我裹起来。"

他笑了。

"是我翻译的。"他说。

他弯下腰，轻轻拂过她的嘴唇，然后离开了。

到了家里，她回了卧室，脱了衣服，在黑暗中躺下来，久久不能入眠，后来，夜空中暂时放晴，露出一轮银色的月亮。她心情舒缓地沉入了梦乡。清晨，她惊醒过来，迅速穿上衣服，去了枫树厅，看到佐代子就在矮桌边。

"你和斯科特桑十一点见面，"她说，"关东桑十点五十分来接你。"

萝丝的电话响了。保罗的声音传来："萝丝。"

她笑了，回答："保罗。"于是他也笑了。"我下午去找你。"他说。她挂断了电话。回到卧室以后，她从公证员的文件夹里拿出父亲的信，又回到枫树厅，把信摆在玻璃房前的地板上。佐代子从眼镜上方看着她，萝丝要了一杯咖啡，然后在矮沙发上躺了下来。十点四十五分，她出门了。苍白的日光穿过浓重的雾气照射下来，整个早晨在灰色的冷漠中奄奄一息。路程很短，她在一栋浅色的现代木建筑前下了车，大大的落地窗，同样材质的移动拉门，像现代的花边一样是镂空的。四周是一条用黑色石头铺砌的运河。室内是一个半穹顶的天花板，上面撑着弯曲的木板条。处处显得通透、纯净，平静的水面映着灿烂的天空。在运河另一侧，是绿色的草坪，庭院里散落着枫树、樱树、矮竹，还有一道橙色的门——我可以在这儿生活，她心想。

她看到贝思坐在大厅深处。装饰很简洁，只有黑色和米色。

在前面，有一些低矮的书柜，架子上还展示着一些艺术书籍。她看到一些木回廊、茶园以及和服的图片。贝思抬起头。

"你看起来气色好极了。"她说。

萝丝在她对面坐下来。英国女人的电话响了，她听着，用日语说了三个词，就挂断了，然后说道："佐代子在监控你。"

"她和我父亲是什么关系？"萝丝问道。

"什么关系？她为你父亲做了四十年的管家。他把生活交给她打理，连同他的账户、衣物。"

"她结婚了吗？有孩子吗？"

"孙子都有了，和大多数她这类女人一样，她们被义务、奉献、重担和沉默压得喘不过气来。春的离世对佐代子而言是灾难性的，但你永远不会听到她有一句抱怨。"

"她不太喜欢你。"萝丝说。

"这么说太客气了，"贝思说，"总而言之，我能理解她。日本女人都被关在牢笼里，我却能把自由女性的忧郁挥洒在他们的寺庙和庭院里。"

有人用黑色漆器托盘端来一碗抹茶，放在萝丝面前。白色的瓷器上画着一根樱花盛开的树枝，在离碗沿几毫米的地方，花瓣开始飘落。

"现在不是樱花的季节。"贝思说。

她的碗是棕色的，有纹路，但没有装饰。

"所以，"她说道，"保罗和你在一起了。"

萝丝没有说话。

"生活总是让人惊讶，"贝思继续说道，"我看错你了，你不是没有做出改变的能力。"

"我还能让你更惊讶，"萝丝说，"谁也说不准，我明天会不会跳进河里。"

贝思干巴巴地笑了笑。

"没有几个人能像我这样看重保罗，"她说，"你能配得上他吗？克拉拉非常迷人，她能让他开心，让他的生活变得轻快、明亮。而你毛糙、严肃，总而言之，你不能让他的生活变得轻松，你会搞得一团糟。他或许期待着有一天，会有另一个克拉拉给他带来安慰和幸福。如今，你来了，带着你的忧郁、愤怒和臭脾气。"

她喝了一大口抹茶，又说道：

"不会那么容易的。"

萝丝只用嘴唇碰了碰自己的碗。

"你失去过一个儿子，是吗？"萝丝问道。

贝思顿时呆住了，看着萝丝忽闪着眼睛，几乎要开始佩服她的自控力了。

"你的直觉很准。"英国女人终于说道。

"你又冷又硬，但你把保罗当儿子一样看待。"萝丝说。

贝思笑了，脸上却没有笑意。

"你也很冷硬，"她说，"但你为我带来了一点儿好处，因为我看到，你和我一样，也在这儿找到了平静。"

萝丝怔住了。

"另外，美丽麻痹了我。只有在这里，失去才不会那么残忍。为什么呢？我不敢肯定我是否想知道答案，害怕这短暂的喘息会烟消云散。但我在这些像石头一样锋利，又像青苔一样柔嫩的庭院里流连，有那么一会儿，我变成了另一个女人，能够接受过去发生的一切。没有人能在失去儿子以后独活，随着时间的流逝，他要变成另一个人，才能重新开始呼吸。"

她看着萝丝，忧伤的神色中满是疲惫。

"第一次见到你时，我就对你有好感，"她说，"相信我，我很少会这样。你正处在获得一切或失去一切的临界点，不要浪费你的机会。"

"这个问题很有趣，"萝丝说，"没有得到的东西，还能失去吗？"

说到"得到"这个词的时候，她怀着强烈的欲望想到了保罗，欲望如此强烈，她因而低下了头。

"最艰难的，是再也不能给予了。"贝思回答，"我也曾经爱过，也曾一往无前地投身爱的焰火里，却都因为自己错过失去了，自那以后，我变成了行尸走肉。"

她黯然失神，自嘲地笑了笑，优雅地用手抚着额头。她指了指萝丝的碗。

"樱花是一种强大的花。它的美丽不过是一种伪装。为了繁花盛开，它永不满足，涌动着生命的冲动，要么尝试，要么死去。"

"到了最后，它还是要死去。"萝丝说。

"到了最后，谁都要死去，是的，"贝思说，"所以要让生命尽情飞扬。"

她深情地握住萝丝的手。

"否则，"她说，"还没下地狱，就已经身在地狱了。"

她把手抽了回来，站起身。

"他叫威廉。二十岁的时候自杀身亡。已经三十年了，昨天是他的祭日。"

萝丝看着贝思渐行渐远，承受着巨大的痛苦，依然脊背挺直，保持着高贵的姿态。萝丝也离开了茶室，请关东带她回家。

枫树厅里一个人都没有，信依然摆在地板上，她仿佛又看到樱花树枝在她的唇边凋零，她想象着樱花的样子，花瓣密密匝匝——它们的胃口贪得无厌，为了能够尝试以及活下去而表现出疯狂的欲望。她拆开一封信，读了头几行字，然后把信放在桌上。"萝丝，"父亲写道，"世事变化，如三日不见之樱花。"

12

THE TWELVE

在日本的战国时代（编年史家称为"颠倒的时代"），有一名美学家武士，既精通刀法，又精于书法，他定期回到位于九州鹿儿岛上的家里。那里住着他的妻子和儿子，在木游廊环绕的内院里，种着一棵极美的枫树，秋天的枫树叶子红胜火。孩子长大以后也想要周游群岛，父亲指着枫树对儿子说："所有的变化都在它身上，它比我更自由；要让自己成为枫树，用你的变化去游历。"

成为
枫树

萝丝拿起另一封信，拆开。保罗手写了一个简短的介绍：我没有翻译开场白和客套话这些惯有的书信格式，只是直接从他的话开始翻译。他的字体大气、工整，令她深受感动。下面，是事先录好的文本，打印在了一张薄纸上。在信的末尾，春盖上了他的印章。他写道：我走到了死神的门前，此时，我强烈地想要告诉你们一个我几乎保留了一生的秘密。四十年前，我爱上了一个法国女人，在这段短暂的爱情里诞生了一个女儿。她很快就会来京都，接受我的遗嘱。她从未见过我，但她会与你们相识。我请求你们，请好好接待她。你们谦卑的仆人，以及永远感恩在心。萝丝的手颤抖了。她的眼前又浮现了墓地、颤动的木杆、布满苔藓的石头、神灵的阶梯；她又看到保罗站在春的墓地前，距离他妻子的坟墓只有几步之遥，距离信幸的坟墓也只有几步之遥；她想象着那一天，他在沉默的来宾面前宣读这封信。她把这封信放在桌上，又拿起第一封。

萝丝，世事变化，如三日不见之樱花。昨天你还是一个快乐的孩子、一个受伤的少女、一个愤怒的年轻女子，但世界运转太快，我写下这封信的时候，你还身处过去，而读到这封信的却是你即将成为的那个人。在死神来临之际，盘点自己的一生竟然这么容易。一切都已经分拣完毕，所有存在只剩下赤裸的骨骼，浓缩为基本的精髓。如今我知道了，在我的一生中，没有任何事比你的诞生更重要。自那以来的四十年里，我首先想到的是，我爱你。然而，在缺席几十年之后，如果我把疾病的重担压在你身上，我又成了什么样的父亲？我无法通过言语有所表示，我又能给予你什么？他们让你免于看到凄惨的病体，免于经历战败之后的恐慌，免于让爱变为惩罚。不，在这些之外，我想让你知道来自一个父亲的赞美，想让你知道你为我的生命带来了多少欢乐。我看着你长大，碰壁，重新振作，始终固执，始终古怪，始终不开心。日本是一座历尽坎坷的群岛，我们这些日本人生来就知道不幸有多么无情。正是由于这种天生的重负，我们学会了把一个地震多发的地区变成乐土，因而，寺院的庭院成为这片灾难与牺牲的国度的灵魂。你身上流淌着我的血液，你会认识到这个世界的美丽与悲惨，而法国人，生来就受到那块福地的滋养，是无法感受到这些的。在这个被鼓吹为"现代"的颠倒的时代里，你灵魂里日本的一面所蕴含的力量，将把幻灭和地狱变为一片花田。不要怨我把你从一座寺庙拖到另一座寺庙，这是一个不好笑的玩笑，但也怀着真诚的希望，因为我知道，它们拥有安抚和使人转变的功效。在财富和成就之外，这些漫步和这些话才是我真正的遗产。你是一朵强大的、不可估量的、顽强的花朵，我相信你的力量和决心。我也希望，这几十年的沉默不是徒劳，虽然我已远去，但通过这封信，你能接收到我的心意，接受我的爱。这样的话，我们无须经历冲突和悲剧，我的一生将传给你。

　　萝丝躺在地上，抱着双臂。枫树微微颤动着。这是我的家，她心想，然后笑了。许久以后，她听到拉门移动的声音，保罗的脚步声越来越近。他在她身边坐下来，斜倚在地板上，伸出手臂揽住她的腰。她这才发现，她在默默地流着眼泪，泪水像雨一样连绵不绝。他摸了摸她的额头，用指尖接住一滴眼泪。她看着他，他把她抱起来，回了卧室。她像溺水的人那样紧紧拉住他，像前一天那样抱紧他。会不会有一天，我对他的欲望发生变化？她心里想着。他们彼此吸引着，每一个动作都充满了狂热；他们都赤裸着，在萝丝看来就仿佛奇迹；快感是疯狂的，令人幸福；保罗已经卸下了重担，他带着前所未有的喜悦看着她。高潮来临时，他的脸上卸掉了忧伤，变得容光焕发，她几乎认不出了。她背对着他，紧紧贴着他的胸膛。他把她抱在怀里，额头埋在她的颈间。后来，他们对视着。保罗拉过身后的外套，拿出一封盖着春的印章的信。

"这是原件。"他说。

她跪在床上，盯着印章上用红色墨水写的两个字。

"这是日语里最复杂的文字之一。"他又说道。

"这不是他的名字？"她问道，与此同时，她突然明白了，喃喃地说："玫瑰。"

"在他去世前，没有人知道。"

她打开信封，从里面抽出两张几乎透明的纸。黑色的墨水线条在她看来就像杂草。在左上方的文字上方，有几个字孤零零地在那里，她伸出手指轻轻抚摸着。

"唯有彼岸统领朝露。"保罗翻译道。

然后，看到她疑惑地扬起眉毛，于是说道：

"这是圭佑的诗，春让人刻在了他的墓碑上。"

西芳寺青苔上像珍珠一样滚落的雨滴又浮现在她眼前，她感觉，自己看到那里映着一张变形的面孔。

"他在山里长大，家门口有一条湍急的河流，"她说，"我倒觉得，这是一首关于冰水的诗。"

"春认为人生就是要渡河，这条河很深，河水看起来几乎是黑色的。一天，我听到圭佑对他说：你做得很好，到了彼岸就是朝露。"

她的心中响起莫名的窃窃私语，她又看着像野草一样舞动的文字。

"字体很漂亮。"她说。

"春是商人，是武士，但他更是一个美学家。"

"一个真正的日本人。"她评论道。

"不完全是，"他说，"从某些方面来说，

他并不像日本人，他和同龄的日本男人品位不同。他从未想过结婚、组建家庭，他从不去找艺伎，更不要说女管家。他一生交往过不少西方女人。"

"贝思也是其中之一吗？"

"是的。"

"她喜欢日本男人？"

"她喜欢所有男人。她有很多情人，即使在她还有丈夫的时候。"

"我也有过很多情人。"萝丝说。

"我看到了，"他笑着说，"但你没有结婚。"

"我一个都不记得了。"她小声说。

他没有说话。

"为什么春什么都没有给你？"她问道。

"我拒绝了。"

他站起身来，做了个鬼脸。

"这个以后再谈，"他说，"佐代子就要回来了，我带你去个地方。"

"你的腿为什么瘸了？"她问。

他没有回答，径直去了浴室，出来时已经洗好澡，穿戴整齐。她欣喜地看到他的五官放松下来，眼睛里闪着光；她站起来，靠近他；他把她抱在怀里亲吻着，像孩子一样欢快地笑着。她也去洗了澡，穿好衣服，去枫树厅和他会合，她突然生出敬畏之情。枫树向着大团的灰烬伸展着，枝叶像翅膀一样展开，树叶在轻轻颤抖，向着巨大的看不见的火焰舒展。发生什么事了？她心想。天空依然阴云密布，暴风雨把枫树压得低低的，而它依然在生长。

"萝丝？"保罗在前厅叫她。

她摆脱了对这棵植物鸟的沉思，走了几步，最后又回过头，在一种冲动之下鞠了一躬。到了门口，保罗递给她一把伞，当她朝他走去的时候，看到白丁香在飞舞，她又一次站住了，试图凭空抓住一个转瞬即逝的想法。她靠近蓬乱茂密的枝叶，感到那个想法消失了。她跟着保罗上了车，抓住保罗的手，放在唇边。他们一路向东驶去。关东把他们载到一条宽阔的林荫道边，两旁种满了松树和杜鹃，一路向上，便是山丘。他们来到一道制作精良的大木门前，门上是茅草覆盖的屋顶，再往前，他们越走越高。雨丝飘摇，他们缓步前行。

"克拉拉去世两年后，我和圭佑跳进了河里，"保罗说，"那天我们都喝醉了，跨过了三条大桥的围栏。我撞在了石头上，他安全地落进了水里。

后来，在医院里，他对我说：地狱就是阎王也不想要你。而对我来说，地狱就是我没有对安娜尽到责任。"

"你怎么对她说的？"

"实话实说。老爸太蠢了，喝了那么多酒。"

他笑了。

"她当时只有四岁。她对我说：那就少喝点嘛。"

路越来越窄，到了尽头，是一道石砌的围墙；透过栅栏门，可以看到里面层层叠叠的坟墓。

"春的信很难翻译。"他说，"在那之前，他非常艰难地做了这个决定。我希望你能知道这一点。"

他在栅栏门前站住了。

"这是哪儿？"她问道。

"东大谷墓地。"

"谁埋在这儿？"

"这里没有我认识的人。但这儿是举办盂兰盆节庆典的地方，为纪念死去的亲人举办的节日。"

他们走了进去。在山丘的斜坡上有数十排墓碑，排列得整整齐齐、密密匝匝，沉默的灰色石头像是疯狂的潮汐。不时传来乌鸦的叫声，划破寂静，她喜欢这种奇异嘶哑的声音。保罗沿路往高处走着，她跟在后头，不停地改变方向，终于在最高处的小径上，气喘吁吁地赶上了他。他靠在栏杆上，她走过去，也支着胳膊，看着风景。在他们脚下是巨大的陵园；稍远处是天空和京都这座奇妙之城；再远处，是暮色中的岚山黑黢黢的山脊。雨停了，天空看起来鬼影幢幢，灰蒙蒙的，带着黑色的线条，把乌云划成一丝一缕。

"盂兰盆节？"她问道。

"在盂兰盆节期间，人们纪念祖先，感谢他们的付出，所有人都为祖先扫墓，哪怕墓地距离遥远。他们给祖先带上供品，想要缓解他们的痛苦。节日会持续一个月，但有一个高潮，就是在这里，东大谷墓地，点亮一万盏灯笼。"

"用供品缓解祖先什么样的痛苦？"

"据说，Obon 这个词出自梵文佛经，意思是在地狱里倒挂。"

在这个颠倒的时代，她心想，然后又想到：在我的生命里，一切都是倒着来的，我通过父亲小时候的照片和我想要的男人认识了他。保罗看着她，她靠上前去，他紧紧地抱住她。在他们面前，京都隐入了夜色之中。四周，墓地上拂过彼岸的露珠，因逝者看不见的生命而震颤。保罗亲了亲她的鬓角。

"我们是幸存者，"他说，"以后还会有其他人在我们身后幸存。"

就这样，在灵魂倒挂的大墓地里，萝丝成了另一个人。刹那间，她又看到了玻璃房里的枫树；扎根在松软的青苔里，在天空下尽情舒展，在数不尽的转变中，把生命带到它的四周。风和树叶在她耳边簌簌作响，她任自己想入非非，没有畏惧，也没有愤怒；在意识的边缘，在树木和鲜花的法兰多舞曲中，父亲的庭院带着几枝白色的丁香滑了进来。她吸了一口气，感受到了土地、石头和万物终了时的芬芳。她意识到保罗在哭泣，但并不忧伤，只是由着眼泪流淌，尽管她在场，尽管对她怀着欲望。她心中喊出一声可怕的呐喊，这呐喊让她获得生命、让她死去——最后又令她重生。

"唯有爱，"保罗说，"爱，然后便是死亡。"

致谢

让－玛丽·拉克拉维汀（Jean-Marie Laclavetine）

皮埃尔·盖斯特德（Pierre Gestède）

让－巴蒂斯特·德尔·阿莫（Jean-Baptiste Del Amo）

埃琳娜·拉米雷斯·里科（Elena Ramírez Rico）